读者丛书
DUZHE CONGSHU

老爸老妈

读者杂志社 / 编

读者出版传媒股份有限公司
甘肃人民出版社

图书在版编目（CIP）数据

老爸老妈 / 读者杂志社编. -- 兰州：甘肃人民出版社，2023.2
ISBN 978-7-226-05866-4

Ⅰ.①老… Ⅱ.①读… Ⅲ.①散文集 — 中国 — 当代 Ⅳ.①I267

中国版本图书馆CIP数据核字（2022）第170842号

出 版 人：刘永升
总 策 划：刘永升　马永强　李树军
项目统筹：侯润章　高茂林
策划编辑：李　霞
责任编辑：王建华
封面设计：裴媛媛

老爸老妈

读者杂志社　编

甘肃人民出版社出版发行
（730030　兰州市读者大道568号）

甘肃澳翔印业有限公司印刷

开本 710毫米×1020毫米 1/16 印张15.5 插页2 字数200千
2023年2月第1版　2023年2月第1次印刷
印数：1~3000

ISBN 978-7-226-05866-4　　定价：39.00元

目 录
CONTENTS

001 母亲与北京 / 冯俊科

007 我妈说话 / 李汉荣

012 多黑的天到头了也得亮 / 倪　萍

018 母亲的鼾歌 / 丛维熙

024 父亲的大学 / 米　立

027 妈，等你回来 / 张冰晶

032 丁香花开的时候 / 刘少华

037 妈妈的礼物 / 舒　乙

041 远去的马蹄声 / 贺捷生

049 风筝 / 王安忆

052 一生最大的勇敢都来自母亲 / 余秋雨

056 虎子无犬父 / 叶兆言

060 外祖父的白胡须 / 琦　君

066 我的父亲 / 马未都

070 北方有盛宴 / 吴惠子

077 传家之宝 / 秦嗣林

084 父亲的心肝 / 张国立

087 父亲南怀瑾 / 南一鹏

093 父亲张伯驹 / 张传彩

100 晓雾 / 张充和

102 父亲给我的三封信 / 汤一介

106 父亲和信 / 肖复兴

110 我的父亲 / 刘　轩

114 面对权力的父与子 / 关山远

118 假如春天可以留住 / 何　江

124 好日子 / 林海音

128 人在做天在看 / 董　倩

134 父亲节 / 冯　唐

136 七十二本存折 / 麦　家

139 笑的遗产 / 韩少功

143 呵护百岁母亲如女儿 / 冯骥才

147 女儿与我 / 蔡志忠

151 老爸老妈 / 毛　尖

155 父亲 / 王　蒙

160 记忆中的那碗汤圆 / 毕飞宇

164 我的父亲母亲 / 张克澄

174 茜纱窗下 / 王安忆

178 聆听父亲 / 张大春

181 鱼的孩子 / 裘山山

186 除了幸福，不要做别的选择 / 闫　红

191 多是人间有情物 / 徐慧芬

196 共伞 / 洛　夫

198 少时出远门 / 严　明

202 母亲的放弃 / 三秋树

207 流泪的怀念 / 李　军

211 最后的早餐 / 妞　妞

217 贫寒是凛冽的酒 / 王　磊

222 反复告别的盛世情书店 / 李婷婷

230 父亲的白衬衫 / 梁　鸿

233 外婆失踪一百八十八天 / 余　言

240 读书人和热拓鱼 / 马　良

母亲与北京

冯俊科

1977年2月,我到北京大学上学。每当假期来临,我都写信请母亲来北京看看。我在信中告诉母亲,这是难得的机会,一旦我大学毕业后分到外地工作,她再到北京会有许多不便。母亲大半辈子生活在农村,去过最远的地方就是县城,但母亲却总是以我正在读书为由,没有来。大学毕业后我留在北京工作,又请母亲来京,母亲说我刚刚参加工作,没家没舍的不方便,也没有来。后来娶妻生子,多次请母亲来京,母亲又说孩子太小,我们工资又不高,小家庭负担重,还是没有来。直到我在北京待了14年后,母亲才第一次来到北京。

当时,我住在甘家口。母亲下了火车后,听说我住的房子只有9平方米,就立即改变主意,不顾旅途劳累,执意要去我妹妹家。妹妹家住在几十里外的门头沟,住房稍微宽敞些。那时候,去门头沟的路狭窄弯多不平坦，很不好走。车颠簸得厉害，母亲又晕车，一路上吐了好几次。到妹妹家后，母亲倒头就睡，两天没有起床。看到母亲那痛苦的样子，我心里有说不出的难受。母亲好不容易来北京一次，怎么让晕车厉害的母亲好好逛逛北京城，成了我最大的心事。思考再三，最后我决定蹬三轮车拉上母亲到主要景点参观。借到三轮车后，妻子在上面捆了一把椅子，垫上棉垫。然后，我蹬着三轮车，妻子骑着自行车，到门头沟接母亲。

从甘家口到门头沟，走了近两个小时。到妹妹家时，天还不太亮。母亲坐上三轮车后，我在前面蹬着，妻子、妹妹、妹夫骑着自行车在后面跟着。那天，母亲提出想先去参观毛主席纪念堂，看看毛主席。

不料到了纪念堂门口，有一牌子上写着：内部整修，停止参观。这令母亲非常失望。我们只好带着母亲绕着纪念堂转了一圈，然后参观了人民大会堂和故宫。第二天我拉着母亲去逛颐和园。下午回来时路过北京大学，母亲听说那是我读过书的学校，执意要进去看看。我又拉着母亲转了未名湖、图书馆和燕园等地方。第三天原计划要去天坛，早上一起床，我无意中说了声："屁股咋有点疼？"没想到母亲听见了，她突然说自己很累，哪儿也不想去了。结果，谁劝也不行，母亲离京回老家前，真的再哪儿也没有去过。我一直后悔说了那句话。

母亲在甘家口住了几天，说还想再到门头沟去一趟，而且要坐公共汽车去。考虑到母亲晕车，我坚持要用三轮车送。母亲争不过，只好坐上三轮车前往门头沟。返回老家那天，我又用三轮车把母亲从门头沟送到了北京站。母亲那次来京，是我有生以来蹬三轮车时间最长、跑路最多的一次。

18年过去了。18年来，一想到母亲，就想到母亲那次来京没能到纪念堂看看，还有许多地方也没去转转，心里一直非常愧疚。每年春节回老家，我和妹妹都请母亲再去北京一趟，以弥补心中的缺憾。但母亲每次都拒绝了。她总说自己年纪大了，行动不便，又晕车，给孩子们添的麻烦太大。没想到2009年10月初，弟弟从老家打来电话，说母亲提出想到北京看看。我既高兴又吃惊：85岁高龄的老母亲怎么突然想开了？

10月9日，我和妻子到北京西站接母亲。路上堵车，晚到了20多分钟。到了车站，看见哥哥搀扶着母亲，在站前广场上等待。母亲满头银发，背驼得厉害，一只眼睛已经失明，另一只眼睛只有微弱的视力。她一只手紧紧抓着哥哥，另一只手拄着拐杖，像一个刚刚学会走路的孩子，一步一停，几步一歇，极其缓慢地走着。母亲真的老了。年迈的母亲不怕晕车的痛苦，不怕行走不便，不怕长途跋涉的艰辛，又一次来到北京，令全家人非常高兴。

晚上，陪母亲聊天，才知道她这次来北京的原因。两个月前，我嫂子突然去世，哥哥精神上受到很大刺激，常常几天几夜无法睡觉。为了给哥哥换个环境，早点摆脱嫂子去世带来的悲伤，母亲不顾自己年事已高，带着哥哥来到北京。母亲还说，上次来北京没看到毛主席，这次还想去看看他老人家。

为了却母亲18年前的心愿，第二天上午，全家人陪母亲到纪念堂参观。到了纪念堂前，我们给母亲买了一束洁白的菊花。母亲手捧菊花，随着瞻仰毛主席遗容的队伍缓缓地向纪念堂走去。到了大厅，母亲颤抖着双手，把菊花摆放在毛主席大理石像前，然后恭恭敬敬向毛主席三鞠躬。我们搀扶着母亲，到了毛主席水晶棺前。瞻仰毛主席遗容的人们表情肃穆，迈着小步缓慢向前移动。唯独母亲，两腿不再移动，默默地看着水晶棺里的毛主席，站在那里悄悄流泪。从身边走过的人们和负责疏导的服务员，看到这位白发苍苍的老人对毛主席如此恭敬，如此虔诚，感情如此深厚，都用惊异的目光看着她，也不催促她前行。

从纪念堂出来的人们，大都急匆匆地向外走去。我猜测他们的年龄，超过80岁的不多。85岁的母亲从纪念堂出来后，站在台阶上，回头看着刚刚走出来的地方，两眼泪水未干，不停地用手绢擦着。母亲是从旧社会过来的人。我们知道她这一辈的人对毛主席的感情是很深的。解放战争中，年轻的母亲响应毛主席的号召，参加村里的妇救会，做军鞋、磨面粉、送军粮支援前线。中华人民共和国成立后，土地改革、抗美援朝、互助组、合作社、人民公社、大跃进等历次运动，母亲作为一名普通农村妇女，每次都默默无闻地参加。三年自然灾害时期，大人饿得浑身浮肿，孩子饿得走不动路，母亲也从无怨言。她说再苦也比旧社会那兵荒马乱、逃荒要饭的日子强。直到现在，家里老屋的正墙上还挂着毛主席的画像。走出纪念堂大门，母亲对我们说："毛主席就像个当家人，咱国家大，人太多，这家不好当啊。毛主席带咱们过过好日子，也过过苦日子，还是好日子多，咱一定不能忘记毛主席。"

母亲一辈子都在为子女操心和付出。我们小时候，正赶上三年自然灾害时期，家里兄弟姊妹多，粮食奇缺，顿顿吃不饱肚子。母亲每次从地里干活回来，不顾劳累，给全家做饭。做好饭后，先给我们每人盛上一碗。此时，锅里的饭常常不是没了，就是剩下很少几口。母亲在锅里再添点水，烧开了丢一把青菜一煮，就是自己的一顿饭。有时锅里的饭剩多了，她先不吃，等我们吃一会儿后，就拿着勺子，一人一勺地给全家人添饭，剩下的自己再吃。母亲常说我们年纪小，正是长身体的时候，不能亏得太狠了。晚上家里其他人已经睡觉了，母亲在昏黄的煤油灯下，一针一线地为我们做衣服鞋袜，料理家务。我17岁参军离开家后，母亲大概为我操心最多，流泪最多，竟哭坏了一只眼睛。20世纪80年代初，我大学毕业后留在北京工作，哥哥和嫂子来看我，母亲磨了一袋50多斤的面粉，让他们千里迢迢扛到北京，说是怕我这里粮食不够吃。我到北京市委工作后，母亲要求家人和亲戚不要往单位给我写信和打电话，有事跟我爱人联系，更不许到北京找我，以免影响我的工作。每年春节回到老家，母亲总是对我千叮咛万嘱咐，说给国家干事，脚要站稳，要尽心尽力，不能有私心，不要怕吃苦，一定要当个好党员、好干部，并讲了很多古人、古语和古事教育我。

　　为了孝敬母亲和补偿我多年的愧疚，母亲这次来京，妻子饭菜做得比平时丰盛些。没想到每次把饭菜端到桌上，母亲看着桌上的饭菜，总是半天不动筷子，说做得太多了，吃不完会浪费。看到鱼、虾和肉，又说在老家青菜豆腐吃习惯了，吃这些东西不习惯。我们知道，她是嫌这些东西太贵。母亲听说饮水机上的纯净水一桶十多块钱，心疼地说："水咋就恁贵？"从此，就和哥哥每天用壶接自来水，在炉子上烧开了喝。冬天天黑得早，我六点多下班后回到家，屋里一片漆黑，以为家里没人。拉开灯，看见母亲和哥哥在沙发上坐着。问为啥不开灯，母亲说聊天不用开灯，开灯浪费电。母亲认为，她和哥哥到北京来，我们家里多了两口人吃喝，负担已经够重了，能省就省点，日子要节俭着过。常常是妻子走进厨房做晚饭，发现米饭已经做好，各种青菜已经择好洗净。家里的地板、桌凳、沙发、窗台、床铺等，已被收拾得干干净净。妻子劝母亲不要管这些琐碎小事，母亲说："你们上班忙，回家多歇歇。我们也有两只手，不在城里吃闲饭。"逗得全家人直乐。

　　我常常想，母亲的伟大，不在于她能作出什么惊天动地的事情，而在于把自己全部的生命和心血，变成一点一滴的关爱和深情，无私地奉献给子女，培育子女健康地成长。

（摘自《读者》2011年第6期）

我妈说话

李汉荣

一

我妈今年84岁了。她本来话不多，老了，更是惜言如金。古人把谨言慎行、积口德、但思己过不言人非、讷于言敏于行作为修身的功课，作为一种德行。我妈好像做到了，也许天性使然，加上有意无意中她从内心里对自己德行的严格修持。

我妈爱夸人，但夸人的话不多，印象里，就这么些常用的话：这人忠厚，实在；那人是个明白人，讲理；你李婶仁义厚道；你王叔自小读古书，知书达理，有大人气象；长安他爹人好，礼数周到；自明爷爷心肠好，仁慈；河边你见过的兰培义爷爷勤快能干，大前天走了（去世）……

我妈极少骂人，气极了，实在忍不住了，才骂一半句。最重的话也就是：做人咋这么过分呢，起心动念要端正哩，人要体谅人，就这么几句。

有一天，我想到我妈，忽然想起，我妈口里竟没有一个脏字，没有一句粗话。我惊讶于我妈的口德是如此之好。

二

一个人在语言上干净、有洁癖，佐证着他心地的干净，精神世界的清洁。

陪伴我妈的那些语言是幸运的，我妈没有用她珍爱的语言去哄人，去欺世盗名，去伤害人。她用干净的语言说干净的话，表达干净的心。如果百年之后，我妈不得不和陪伴她的语言告别，估计这些语言是舍不得离开我妈的。语言舍不得离开这个干净的母亲，这个干净地说话、做事的人。

我妈虽然识字不多，但从她的言行里传达出的，都是儒、释、道的精髓，是朴素的做人伦理，是保存在民间的优良古风。

三

母鸡又下蛋了，扇着翅膀走出麦草窝，就"一个，一个"叫啊，叫个不停。我妈说，鸡在报喜哩，你听，它说"一个，一个"，就是下了一个，鸡老实着呢。

都说猪馋嘴、贪睡，快过年了，猪的命也到头了。我妈舍不得猪离去，但又有啥法子呢？我妈说，都骂猪，不该啊，它吃，是在为我们吃哩；

它睡，是为了我们睡得安稳。我们硬是把人家吃了，对不起，难为猪了。

爹扛着犁耙，跟着牛回来了，牛知道这是它的家，蒙着眼睛也能找回来。我妈看着牛脖子上拉犁时磨下的血红伤口，赶快用热水冲洗了，敷上草药，说别让化脓，牛疼啊。牛替人受苦受累，就挣了几口草吃，人若不怜惜，对不起人家。人家也只活这一辈子。

猫噙着一只老鼠走进院子。老鼠还活着，猫就抛来抛去戏耍，直到折腾至死，吃了。我妈并不夸猫，却说：一对冤家，吃来吃去，吃了多少年，地上还跑着这一对冤家。老鼠扰人，猫帮人，人养猫。老天爷在上面看着这场戏。

那时候，常常有一群大雁排着人字形队列飞过我们李家营村的上空。我妈说，你看人家大雁，一撇一捺把人字写得多好，它们也许羡慕人，想变人哩。地上有些人却活得东倒西歪，不像个人。兴许大雁在天上教课呢，教人怎么做人呢。

四

我妈在田地里做活，一辈子与庄稼露水打交道，有时就说些露水一样的话，议论庄稼，顺带议论了人世。我把我听见的、兄妹们听见的，收集整理了一部分。

麦子、稻子结多大的穗，啥时结，人家自己心里有数；人能长些啥，人不知道。

藕，在淤泥里，修行莲花的清香，比人强；人在亮处，却动着暗黑的念头。

水稻，大半生都站在水里，好不容易熬到干爽日子，又该收场了。水稻，多像你娘的命。

玉米怀里抱着那么多娃娃，都被人领走了，不知玉米老娘多心疼哩。

花生、土豆、红苕、芋头，多老实，在谁也看不见的地方，也不作假，长出的东西，一是一，二是二，多实在呀。

田埂上的车前子，娘经常采了给你们熬汤喝。你做中医的外爷在世的时候说，古时有个李时珍写过车前子，现在的车前子还是古时候的样子。这年头，啥都变得不认识了，好在，星星月亮没变，花花草草没变，车前子还没变，人看到还有没变的东西，就觉得心里安稳些。

娘喜欢田埂埂，田埂埂把田野画成四四方方的，走在田埂埂上，心里也方方正正的，安稳。

为啥茄子的脸发紫呢？可能怄过气吧，万事万物在世上都是要受气受苦的。人只知道茄子好吃，谁知道茄子的前生后世要受多少气呢！

庄稼蔬菜在地里过日子，人嚼着它们的日子过自己的日子。日子呢？日子盘养着人过着自己的日子。千年万载的日子，就这么过去了。

地里掉的颗颗粒粒，留一些给鸟鸟们吧，天养人，也养虫虫鸟鸟，它们是不懂事的野孩子。人不是很懂事吗？懂事的要怜惜不懂事的，娃啊，留些给鸟鸟吃吧。

我妈见河里水很清，水声很好听，就说：这么清亮，像小娃娃的眼神。我妈还说：河用这么好听的口音说话，说了多少多少年了，人还是没听懂，河就耐着性子说，想让人听懂。河有时也生气，就涨河水，发点脾气，吼几声，人还是半懂不懂，河就又耐着性子，没白没夜地说啊说，想让人听懂。

我妈在河边洗衣的时候，搓洗一阵，就停下来，静静地听水声。有一回，我问我妈，你听见河水说了什么？我妈说，都是问候我的话，在我心尖尖上颤呢。

　　我妈天黑时在村头老井提水，看见月亮在井里看着她，就对旁边也准备打水的谢婶说：你看这井水多好，把月亮养得又白又胖，再瘦的月亮，掉到我们这口井里就养胖了。谢婶笑着说：桶放下去，就不见了，月亮是捞不上来的。我妈就把打满水的桶放在井台上，一会儿，水桶里就有了一个满月。井台上，两个乡村妇人，抬头望望天上月，低头望望水里月，又互相望着，笑着。她们提着月光回家，身后，是安静的井台，安静的月光。

　　如今，谢婶早已谢世，我妈老迈，已无力去古井打水。年轻人用自来水管连接千篇一律的日子，浇灌毫无诗意的生活。废弃的老井，寂寞的井台，还有那样神秘的月光吗？还有那如闻天语一样的月夜对话吗！

（摘自《读者》2011年第8期）

多黑的天到头了也得亮

倪 萍

姥姥挣钱了

眼看着姥姥老了。

我从来没想过姥姥也会有老的那一天。从我记事起姥姥就是个梳着小纂儿的老太太，几十年了不曾年轻也不曾衰老，直到有一天哥哥从泰山给姥姥买回来一根写满寿字的拐杖，姥姥如获至宝，我这才意识到姥姥老了。

老了的姥姥盘腿坐在床上，说着说着话就睡着了。

这么连轴地睡，还不很快就睡过去呀，我害怕了。我试过，一上午陪着她又说又笑她会一直不睡。于是我给她分配了工作。

我家定了三份报纸，一份《新京报》，一份《北京青年报》，每周还有一份《南方周末》。我跟姥姥说这三家报社回收旧报，凡是看过的，你按大小张和有图片、没图片的分类叠整齐。

"每天的工资是15块钱，你做不做？"

姥姥想都没想："做，做！闲着也是闲着。"

姥姥越来越糊涂了，有时把《南方周末》叠进《北京青年报》里，又把《北京青年报》混进《新京报》里。

我吓唬她："有你这么不认真的员工啊？你这是上班，又不是家庭妇女干家务活，要严格要求自己。"

姥姥真是个好同志，从那以后再也没错过。她的办法是数大字，《北京青年报》是5个大字，《南方周末》是4个大字，《新京报》是3个大字。

那一年多的时间里，姥姥每天把全家翻得乱七八糟的报纸一张张地分类叠好，晚上交给我。有时我故意把叠好的报纸再翻乱了，她就仔细地又整理一遍，不厌其烦。每月的30号，我这个3家报纸的"老总"都准时地给姥姥发450块钱。每次我都把钱换成新的，姥姥一张一张地数好放进她的手绢里包好，再放进她的抽屉里。

记得第一次把这份工资交到她手里的时候，姥姥不接。"你留着吧，买个菜啥的。"

"这哪行啊！这是你的工资，你的劳动所得呀！我拿了你的工资，这不成了剥削劳动力吗？"

姥姥拿着工资时的激动我是真看出来了。你想啊，姥姥在家工作了一辈子，没以自己的名字领过一分钱。年轻的时候孩子多，她没下过一天地。年纪大了，孩子都有出息能挣钱了，她拿的也不过是孩子孝敬她的钱。

姥姥还是老了，报纸叠着叠着也挡不住昏睡了。

我又布置了新工作。

"姥姥，我们单位回收瓜子仁，出口欧洲。质量要求严，不能用嘴嗑，要用手剥。仁要完整的，不能碎。剥一小瓶（普通的玻璃杯）15块钱，你做不做？"

姥姥真是见钱眼开："做，做！闲着也是闲着。"

第二天我就去买了5斤葵花子交给姥姥。

那一年多，我家大瓶子、小罐子都装着姥姥"给欧洲出口"剥的瓜子仁。每天我出门前都上她屋带上她的产品，转手又放回我屋的冰箱里。

姥姥依然每天三五斤地剥着瓜子，家里地上、床上、桌子上到处都是瓜子皮，姥姥屋里像个瓜子加工厂。我们成包成袋地往家进货。有时看姥姥太累了，就说这几天单位清点货物，暂时停工，你先歇两天。

吃够了熟的，我们就买生瓜子，托人从东北进那种正宗的颗粒大的好瓜子。我们几个晚辈常聚在一块儿商量，这么剥下去也不是个办法啊，工作量太大了。我们又规定姥姥周五至周日3天休息，说这是国务院规定的，但工资照发。这样，姥姥一周只工作4天。姥姥歇着手，我们歇着心。

姥姥两只手的大拇指、食指的皮都变硬了，但我心里依然高兴。姥姥不瞌睡了，饭量也大了，人也精神了。

晚上睡不着，起来看着这一杯一杯的瓜子仁。我把它们倒在桌子上，再一粒一粒地捡回去，偶尔放进嘴里嚼一嚼，咽下去的却是滚烫的泪水。

50年了，心跟着姥姥一起走。小时候是她扯着我，长大了是我扯着她。我怎么从没想到终有一天我是扯不住姥姥的，不是我撒手，是姥姥先撒手啊！

多少个艰难的时刻，都是姥姥用她那大白话点拨着我，支撑着我；多少个想不开的问题，都是姥姥一个个鸡毛蒜皮的比喻让我豁然开朗。姥姥的宽容、姥姥的良善，不断地修正我的缺点，改正我的错误，姥姥的智慧、姥姥的光亮始终照耀着我，温暖着我。可是姥姥要走了，这一切她会带走吗？即使都会留下，我怎么还是那么无助、那么害怕呀。

瓜子，这个小得不能再小的食物把我的心填满了，满得再也盛不下任何东西。是种子就能发芽吗？

姥姥晚年的这两份工作让她挣了不少钱。一月900块钱，每月底我们都按时发她工资。后来都发展到我们从邮局拿了汇款单让姥姥盖章，说是单位规定必须让她自己签收。

看着姥姥往汇款单上盖章时认真、喜悦的神情，我心里真是爽啊！给姥姥哪怕一丝的快乐对我来说都是莫大的安慰，因为姥姥的日子不多了。

姥姥自己挣钱了，那种慷慨和往日的慷慨不一样了。回趟老家，得意地跟我说，她给了某某100块钱，又给某某买了啥。自己挣的钱和别人给的钱真是不一样，即使自己孩子给的也不行。

我过去常对我妈和姥姥说，你们使劲地花钱，我存折上所有的钱都是你们的钱。打从姥姥挣工资开始，我就不再这么说了，我要做的就是把一大沓现钱放到妈妈和姥姥手里，存与花是她们自己的事。

我怎么早没想到这个再普通不过的理儿呢？

姥姥真的老了，精明了一辈子的姥姥不知道我们一直在演戏让她欢喜，有时喜悦得都那么夸张，姥姥也看不出。

我知道，大幕总要落下，演出一定会结束。只是我盼望它落得慢一点，结束得晚一点。

天黑了

姥姥走的那年春节我还跟她说:"挺住啊老太太,使使劲,怎么着咱们也得混个百岁老人。"

姥姥说:"有些事能使使劲,有些事就使不上劲了,天黑了,谁也挡不住喽!"

"姥姥,你怕死吗?"

"是个人就没有不怕死的。"

"那你这一辈子说了多少回'死了算了'?好像你不怕死,早就活够本儿了。"

"孩子你记住,人说话,一半儿是用嘴说,一半儿是用心说。用嘴说的话你听听就行了,用心说的话才是真的。

"给别人听的话就得先替别人想,人家愿不愿意听,听了难不难受、高不高兴。这一来二去,你的话就变了一半儿了。你看见人家脸上有个黑点,你不用直说。人家自己的脸,不比你更清楚吗?打人不打脸,揭人不揭短。你要真想说,你就先说自己脸上也有个黑点,人家听了心里就好受些了。"

哦,凡事要替别人想。

知道姥姥走了的那天我在东北拍戏。晚上6点刚过,哈尔滨已经天黑了,小姨发来一条短信:"6点10分,姥姥平静地走了。"看了短信,我竟然很平静,无数次地想过姥姥的走,天最终是要黑的。我一滴眼泪也没掉,只是不停地在纸上写着"刘鸿卿"3个字,姥姥的名字。

看着小姨的短信,心里想的却是半个月前和姥姥在威海见的最后一面。

那天我没跟任何人打招呼,坐早上7点的飞机去了威海。出了烟台机场，我打了一辆出租车，来到威海最好的医院。

高级病床上躺着插满了各种管子的姥姥，一辈子爱美、爱干净、爱脸面的姥姥赤身裸体地被医生护士翻动着。

一个一辈子怕麻烦别人的人在最后的日子里尽情地麻烦着别人，三个姨一个舅妈日夜在病房里守护着姥姥。到了医院，看见姥姥的第一眼我就知道，无论谁在，无论用什么最现代的医疗手段，姥姥的魂儿已经走了，眼前发生的一切都和她无关了。

天黑了。

医生商量要不要上呼吸机，感冒引起的肺部积水致使呼吸困难。

我问上了呼吸机还能活多久，医生很坦率地说："不好说，毕竟这么大岁数了，身体各个器官都衰竭了。"

"不上了吧。"

切开喉管就得一直张着嘴，用仪器和生命对抗，直到拼完最后一点力气。姥姥还有力气吗？救姥姥还是安抚我们这些她的亲人？我瞬间就把自己放在了姥姥的秤上。

50年了，我和姥姥无数次地说起过死，挺不住了就倒下吧。

姥姥，你不是说过吗，"天黑了，谁能拉着太阳不让它下山？你就得躺下。孩子，不怕，多黑的天到头了也得亮"。

（摘自《读者》2011年第8期）

母亲的鼾歌

丛维熙

母亲的鼾歌,对我这个年过五十的儿子来说,仍然是一支催眠曲。

在我的记忆里,她的鼾声是一支生活的晴雨表。那个年月,我从晋阳劳改队回来,和母亲、儿子躺在那张吱呀作响的旧床板上,她没有打过鼾。她睡得很轻,面对着我侧身躺着,仿佛一夜连身也不翻一下,唯恐把床弄出声响,惊扰我这个远方游子的睡梦。夜间,我偶然醒来,常常看见母亲在睁着眼睛望着我,她可能是凝视我眼角上又加深了的鱼尾纹吧!

"妈妈,您怎么还没睡?"

"我都睡了一觉了。"她总是千篇一律地回答。

我把身子翻转过去,把脊背甩给了她。当我再次醒来,像向日葵寻找阳光那样,在月光下扭头打量母亲布满皱纹的脸庞时,她还在睁着酸涩的眼睛。

"妈妈,您……"

"我刚刚睡醒。"她不承认她没有睡觉。

我心里清楚,在我背向她的时候,母亲那双枯干无神的眼睛,或许在凝视儿子黑发中间钻出来的白发,一根、两根……

我真无法计数,一个历经苦难的普通中国女性,她躯体内究竟蕴藏着多少力量。年轻时,爸爸被国民党追捕,肺病复发,在悲愤中离世,她带着年仅4岁的我,开始了女人最不幸的生活。我没有看见过她的眼泪,却听到过她在我耳畔唱的摇篮曲:

狼来了,

虎来了,

马猴背着鼓来了!

风摇晃着冀东平原上的小屋,树梢像童话中的怪老人,发出尖厉而又显得十分悠远的声响。我在这古老的童谣中闭合了眼帘,到童年的梦境中遨游:

骑竹马,

摘野花,

放鞭炮,

过家家。

……

她呢?我的妈妈!也许只有我在梦中憩息的时刻,她才守着火炭早已熄灭的冷火盆独自神伤吧?!

我不是一个听话的孩子。下河洗澡,摔跤"打仗"……干的都是一件件让母亲忧心的事情。为了给"野马"拴上笼头,更为了让我上学求知,当我十几岁时,一辆马车把我送到了唐山——我平生第一次坐上了火车,从唐山来到了北平。母亲像影子一样跟随我来了。为了交付学费，她卖掉了婚嫁时的首饰，在内务部街二中斜对过的一家富户当洗衣做饭的保姆。当我穿着带有二中领章的干净制服，坐在课堂上学习的时候，同学们不知道，我的母亲此时此刻正汗流浃背地为太太小姐们洗脏衣裳呢！母亲也想不到，她靠汗水供养的儿子，并不是个好学生——他辜负了母亲的含辛茹苦，因为在代数课上常常偷看小说，考试得过"鸡蛋"。在学校布告栏上，寥寥几个因一门理科考试不及格而留级的学生中，他就是其中一个。我不是为苦命的妈妈解忧，而是增加她额头上的皱纹。

她没有为此垂泪，也没有过多地谴责我，只是感叹父亲去世太早，她把明明属于儿子的过失，又背在自己的肩上："怨我没有文化，大字识不了几个；你爸爸当年考北洋工学院考了个第一，如果他还活在人间的话，你……"啊！妈妈，当我今天回忆起这些话时，我的眼圈立刻潮湿了——我给您苦涩的心田里，又增加了多少辛酸啊！

可是母亲一如既往，洗衣、做饭、刷碟、扫地……两只幼时就缠了足的脚，支撑着苦难的重压，在命运的羊肠小路上，默默地走着她无尽的长途。星期六的晚上，我照例离开二中宿舍，和她在一起度周末，母子俩挤在厨房间的一张小床上安息。记得那时，她从不打鼾，我还在幽暗的灯光下看小说，她就睡着了。母亲呼吸匀称，面孔恬淡安详……

北京解放那年，那家阔佬带着家眷去了台湾。母亲和我从北京来到通县（当时我叔叔在通县教书），怎奈婶婶不能容纳我母亲，在一个飘着零星小雪的冬晨，她独自返回冀东老家去了。

16岁的我，送母亲到十字街头。在这离别的一瞬间，我第一次感到母亲的可贵，第一次意识到她的重量。我不舍地拉着她的衣袖说：

"妈妈！您……"

"甭为我担心。"她用手抚去飘落在我头上的雪花,"你要好好用功,像你爸爸那样。"

"嗯。"我垂下头来。

"快回去吧!你们该上第一堂课了!"

"不,我再送您一程!"我仰起头来。

她用手掌抹去我眼窝上的泪痕,又系上我的棉袄领扣,叮咛我说:"逢年过节,回村里去看看妈就行了。妈生平相信一句话,没有蹚不过去的河!"

我固执地要送她到公共汽车站。

她执意要我马上回到学校课堂。

我服从了。但我三步一回头,两步一张望,直到母亲的身影湮没在茫茫的雾幕之中,我才突然像失掉了什么最珍贵的东西一样,返身向公共汽车站疯了似的追去。

车,开了,轮子下扬起一道雪尘。

从这天起,我好像一下子变得成熟了。

我发奋地读书,我如饥似渴地学习知识——当我在1950年秋天背着行囊离开古老的通州城,到北京师范学校报到后马上给她寄了一封信。第一个寒假,我就迫不及待地回故乡去探望母亲。

踏过儿时嬉闹的村南小河的渡石,穿过儿时摇头晃脑背诵过"人、手、口、刀、牛、羊"的大庙改成的学堂,在石墙围起的一个院落的东厢房里,我看见了阔别两年多的母亲。

我仔细凝视我的母亲,她比前两年显得更健壮了。故乡的风,故乡的水,抚去她眼角的细碎皱纹,洗净了她寄人篱下为炊时脸上的烟尘。

夜更深,油灯亮着豆粒大的火苗,我和母亲躺在滚烫的热炕上,说着母子连心的话儿：

"妈妈，我让您受苦了。"这句早该说的话，说得太晚了。

"没有又留级吧？"显然，我留了一级的事情，给她心灵上留下了伤疤。

"不但没有留级，我还在报纸上发表文章了呢！"我从草黄色的破旧背包里，拿出刊登我处女作的《光明日报》，递给了她。

至今我都记得母亲当时的激动神色。她把油灯挑亮了一些，从炕上半坐起身子，神往地凝视着那些密密麻麻的铅字。

"妈妈！您把报纸拿倒了。"

她笑了。

在我的记忆中，这是我第一次看见她欣慰的微笑。这笑容不是保姆应酬主人的微笑，也不是为了使儿子高兴强做出来的微笑，而是从她心底漾起的笑波，浮上了母亲的嘴角眉梢。

她是带着微笑睡去的。不知为什么，我心里却充满了酸楚之感，特别是在静夜里，我听见她轻轻的鼾声，我无声地哭了。可是当我第二天早晨，问妈妈为什么打鼾时，她回答我说："我打鼾不是由于劳累，而是因为心安了！"

从师范学校毕业之后，我被分配到《北京日报》当了记者、编辑。第一件事，我就把母亲从故乡接进北京。果真像她说的那样，由于心神安定，她几乎夜夜都发出微微的鼾声。

只可惜好景不长。1957年后我便难以听到她的鼾声了。我和我爱人踏上了风雪凄迷的漫漫驿路，家里只剩下她和我那个刚刚落生的儿子。她的苦难重新开始，像孑然一身抚养我一样，抚养她的孙子。"文革"期间，我偶然得以从劳改队回来探亲，母亲再也不打鼾了，她像哺乳幼雏的一只老鸟，警觉地环顾着四周，即使是夜里，她也好像彻夜地睁着眼睛。

她苍老了，白发披头，衣衫褴褛。但她用心血抚养的第三代却是个衣衫整洁、品学兼优的挺拔少年。

"妈妈，"在夜深人静时，我悄悄地说，"我怕您……怕您……支撑不住……"

"没有蹚不过去的河。"她还是这样回答。

"您把我拉扯大了，又拉扯孙子……"

"只要你在井下（当时我在山西一个劳改矿山挖煤）能平平安安，家里的事你就不用操心了。"

母亲确实坚强得出奇。有时我要替她去扫街，她总是从我手里抢过扫帚，亲自去干扫街的活儿。她的腰弓得很低很低，侧面看去就像一个大大的问号。

1979年的元月，我终于回到了北京。如同鬼使神差一般，她从那一天起又开始打鼾了。我睡在上铺，静听着母亲在下铺打的鼾歌，内心翻江倒海，继而为之落泪。

说起来，也真令人费解，我怕听别人的鼾声，可母亲的鼾声对我却是催眠剂。尽管她的鼾声，和别人的没有任何差别，但我听起来却别有韵味：她的鼾声既是儿歌，也是一首迎接黎明的晨曲。她似乎在用饱经沧桑的人的鼾歌，赞美着这个来之不易的太平盛世……

（摘自《读者》2011年第9期）

父亲的大学

米 立

从我懂事起,父亲和我说话就不多。父亲是一个孤儿,5岁丧母,9岁丧父,10来岁他就开始独居。那个时候,村里和他一般大的小孩都在念书,父亲每天跟着他们去上学,一直跟到教室门口才止步。父亲知道,教室与他无缘,贫困使他过早地属于另一个世界。

许多年后,当我成为村子里第一个大学生的时候,父亲彻夜难眠。那天夜里,他拿着我的录取通知书,在昏暗的煤油灯光下,近一下远一下,翻来覆去地仔细看。我知道他是在掩饰内心的狂喜。过了很久,父亲才把通知书还给我,低声说:"收好,不要弄丢了。"

第二天,父亲特地到镇上请放映队来村里放电影,庆祝我考上大学。然后,他又买了鞭炮、香蜡,领着我去村头山冈上坟。在每一座坟前,父亲都严肃地跪下去,然后喃喃自语地说上几句话,看上去很滑稽。不仅如此，他还让我跟着跪下，说我能考上大学是因为受了祖先的保佑。

要开学了，父亲送我到县城坐长途汽车。我还清楚地记得，那天他穿着一件很大的褂子和一条打褶的粗布裤子，下面露出两条黑黑的腿杆子。我上了车，车还没有开，父亲就一直站在窗外看着我。遇到走动的人遮住视线，他就不时调整位置，以确保时刻都能看得到我。汽车站里烟尘漫天，稀稀拉拉的人东一堆西一堆，父亲站在那儿孤零零的。

车子发动的时候，父亲赶紧走到车窗前，手扶在玻璃上对我说："出门在外，自己照顾自己，我们是农民，不要跟人攀比。"这时候，我破天荒地看见父亲红了眼眶，原来父亲也会流泪。当时我正值青春期，不愿意跟父亲有过多的感情交流，因此感到很尴尬。我赶紧把头别过去，不去看父亲。

在武汉念大学那四年，每逢寒假，同学们就开始为火车票发愁。每当那时，车站总会有服务人员到学校，校园的露天广场上就设有车票代售点。我和同乡纷纷结了伴，在寒冷的夜里排着长龙，等待一张回家的车票。不知道为什么，每次排队买票，我的脑海里总会浮现出父亲的身影。可是我又那么不愿承认，我着急回家，就是因为想念父亲了。

坐完火车，我还要坐汽车，灰头土脸到达我们的小县城后，再换一辆三轮车颠个三十里山路，才到镇上，就能看见蹲在路边抽烟的父亲了。那些年，父亲一直在同一个位置等着我。每次车还没停稳，就看见父亲蹲在冷清的街灯下，见有车来，他立刻站起身，哈着气、拢着双手、伸着一颗满是白发的脑袋，用目光一个个过滤从三轮车上跳下来的人。在父亲的身后，放着他那辆除了铃不响哪儿都响的自行车。终于发现我之后，父亲就开始笑。他非常瘦，一笑，满脸的皱纹更加突出。每一次我都问他到了多久，他总是说自己也是刚刚到。说的次数多了，我也就宁愿相信了。

  我和父亲摸着黑，沉默不语地走了大概半个小时，就来到沙河边。冬日里水很浅，船根本靠不了岸，我和父亲就脱得只剩下裤衩，下到刺骨的河水里往前走一段，才得以上船。站到船上，一阵河风吹来，两条湿腿就像挨了千刀万剐一般。有一回，站在船上的我一边哆嗦一边想：来的时候，父亲也是这样扛着自行车过来的。这样一想，眼泪一下子就涌了出来。幸好当时天很黑，父亲和船家都没有发现。那个时候，我宁可对外人说掏心话，也不情愿对父亲表达感情。下船上岸，两人继续在田野里穿行，夜风中可以闻到草香，我和父亲仍然一路沉默。越接近村庄，狗吠声就越清晰，辛苦了一路，这才总算到家了。

  往后的很多年里，父亲把他的孩子一个个送往远方，又一个个像这样接回家来。然而到最后，孩子们还是一个个从他身边离开，去了真正的远方。我的五个弟弟妹妹中，有四个上了大学。也就是说，包括我在内，我们家一共出了五个大学生。父亲曾对母亲说，每次家里出一个大学生，他就会想起那些他从教室门口折转田间的时刻，想起他一趟趟跟着伙伴们去学校，又一趟趟返回家的时刻。

  母亲说得对，我们上的大学，其实是父亲的大学。

  如果说这个世界上有那么一个人，他舍得给你一切，连同他的梦想，那么至少他是信任你的。如果他能一路陪伴你到达他梦想的那个地方，而他自己只是躲在光环后面默默地注视你，那么，他是异常爱你的。他知道你身上流着他的血，你的快乐幸福就是他的一切。我们是不是应该还这样厚重的一份爱，给那个一直深爱我们的父亲？

（摘自《读者》2012年第6期）

妈，等你回来

张冰晶

"妈，等你回来。"

2020年2月1日，郑杰发了一条朋友圈消息。

同一天，《李兰娟院士带队出发驰援武汉》的新闻被无数人转发。

抗疫之战打响以来，钟南山院士、李兰娟院士等一批医学专家备受关注。

从视野里消失了整整6天的母亲

"她自1月18日起，从我的视野里消失了整整6天。24日深夜接她回来的路上，她又冷又困，从18日开始到28日，她没有一天不是深夜2点之后睡的。"郑杰在个人公众号中写道。

尽管文字中流露出不舍，郑杰谈及母亲此次出征却显得十分淡定。"我们虽然担心，但更多的是相信。"郑杰说，"她做事有一股'倔劲'。"为祖国做贡献被李兰娟这一代人视作天职。"这个时候谁也拦不住她，而且祖国确实需要她，所以我们只能在后面默默地支持她。"

快节奏的生活，对李兰娟来说是一种常态。

作为一名医务工作者，李兰娟每天6：00左右起床，8：00开始上门诊。"她已经形成习惯了，晚上睡得再晚，早上起床的时间都是固定的。"

郑杰早年在互联网行业创业，熬夜加班对他而言是家常便饭，但在和母亲共事创立医院的时候，他才真实感受到，医务人员的工作强度有时候比IT从业者的大得多。在面对疫情或重、难症患者，三班倒的值班制度，医院开诊后陆续到来的患者时，医务人员需要根据情况不断调整自己的时间安排。

电视上，李兰娟的一口"绍兴普通话"让人印象深刻。"后续希望减少一些媒体采访，她太累了。近期她的工作重心放在疫情防控上，对此，她还想多花点精力。另外，还有一些与病毒相关的疫苗和药物的研究工作。"郑杰说，"作为儿子，我希望自己能够在背后支持母亲，当然也希望她不要太累。然而现在这个时候，百姓都希望听到专家的声音，希望对最新情况有一些准确的了解。母亲必须出来说话，也希望媒体能准确地传达给百姓。为此，我们专门组织了一个小班子通宵开发'李兰娟院士留言板'这样一个小工具。它能给全国人民和一线医务人员提供一个传递心声的渠道。"

常不在家的她其实为家庭牺牲很多

"李兰娟不在家。"外婆声音洪亮。

这样的场景常常出现在郑杰的童年记忆里。诞生于双院士家庭，郑杰没有得到父母太多的陪伴。"我基本上是由外婆带大的。"他说。郑杰的父亲郑树森是肝胆外科、肝移植专家，同时也是中国工程院院士、法国国家医学科学院外籍院士。李兰娟与郑树森这对院士伉俪，也被人们传为佳话。

当谈及"母亲曾送给自己什么珍贵的礼物"时，郑杰沉吟了许久才回答："母亲给我的礼物，我想了想，好像还真不多。"

说着他笑了："我觉得很多时候，不是她对我说过什么，或者做过什么，而是她和父亲两个人的一些行为，在无形中向我传达了什么、教给我什么。"

郑杰从小就觉得母亲做每件事都非常认真，"今日事今日毕"也是她一直恪守的行为准则。"她一直觉得小孩不仅要学习好，人品也要好。"尽管他从小成绩优异，李兰娟对他要求依旧严格。"我小时候最担忧的是，如果成绩不好，学期末要怎么办。"郑杰说，"从身心角度看，她对我们是很关爱的。"

李兰娟求学时期，大家主要学习俄语，所以直到工作多年后，她才开始学习英语。"在我的印象中，母亲和父亲是听着磁带从一个个单词开始学起的。"郑杰说。当时李兰娟的日常工作已经相当繁忙，除了临床工作还要进行大量的研究。"在我小的时候，深夜里常能看到他们一边补学英语，一边看国外论文。"

李兰娟的丈夫郑树森40岁左右去华西医科大学（现四川大学华西医学

院）读博，毕业后李兰娟又支持他前往香港攻读博士后。"那段时间，母亲一个人的工资要养活我们一家四口。"郑杰回忆道，"当时我爷爷在老家生病了，母亲也没有和我父亲说，就自己带着我、抱着弟弟去老家给爷爷挂吊针。一直到爷爷病愈，她也没和父亲提。小时候我们家的经济条件一般，一直到我父亲从香港回来，我们家才有了彩色电视机。"

冷静是传染病学专家基本的自我要求

"她一辈子对职业的进取心，让我很受鼓舞。"郑杰说。李兰娟不仅是丈夫不断求学的坚强后盾，她自己在科研方面也一直很努力，直到当上院士也没有松懈。

"这是一种拼搏精神，我后来才慢慢感受到。他们几乎没有娱乐时间。我父亲当上院士后，偶尔看看电视，也会被我母亲督促去看论文。"郑杰说。

李兰娟求学期间曾经面临两个选择：一个是做老师，一个是做医生。当时老师的工分比医生的高，然而李兰娟还是选择了做医生。"她觉得做医生能学到更多东西，服务父老乡亲的可能性也更大。"

因为工作认真，村里的所有人都认识李兰娟。"当时就有一句俗语——进门狗不叫，就是说医生和村民已经熟到，他家的狗都认识你，所以不叫了。"

李兰娟提出对武汉实施"封城"，郑杰认为母亲在重大事件面前，一直果敢冷静。

"作为传染病学专家，这其实是一个基本的自我要求。如果专家学者不表态，那么就更没有人说了。所以她和钟南山院士参与的国家卫健委特别专家组的这次武汉之行是非常重要的，他们去看了现场，然后连夜回到北京汇报。"郑杰说。

在抗击"非典"时期，浙江省2003年4月出现第一例"非典"患者，除了快速对患者所在的小区进行隔离处理，李兰娟同时进行了病毒的分离和研究。"二者几乎是同时进行的。这使得浙江省内除了3到4个患者，没有其他民众以及医务人员被感染。"因为对职业的坚持，即使在担任政府领导职位期间，李兰娟依旧没有间断过临床门诊和科研工作。"她一直都没有抛弃自己医生的身份。"郑杰说。

（摘自《读者》2020年第6期）

丁香花开的时候
刘少华

今春沙尘暴刮得猛,可宿舍楼前的一株丁香树还是如期开花了。那簇簇馥郁芳香的紫丁香花,再次将我的思绪牵到久远的过去,让我想起了妈妈年轻时如花的笑脸,想起了当年妈妈和我们共同度过的欢乐日子。岁月无痕,母子有情。现在,让我用心来写这篇迟到的丁香花的思念吧!

我的妈妈叫周桂兰,内蒙古乌兰浩特人,属猪,她走时年仅46岁,是我从不敢轻易回忆的年龄。人们都说,孩子眼里的妈妈是美丽的。这其间有血缘关系和情感因素。但我要说,我的妈妈是真美丽、真漂亮。她高挑的身材、白皙的皮肤、大大的眼睛、微黄的秀发,总有几许"洋洋"的韵味。她养育我们6个儿女,吃了那么多苦,受了那么多罪,可身材苗条不改,容颜白里透红。听她爽朗的笑声和甜甜的歌唱,我们真为有个"漂亮妈妈"而自豪!

妈妈小学文化，没有正式工作，在街道居委会当主任。她平凡却不失高雅，爱心悠悠，温情脉脉。有一年，爸爸出车拿回两株花树苗，一株是榆叶梅，一株是丁香。妈妈领我们几个孩子在平房前挥锹栽种，很快两株树发芽开花、缤纷烂漫起来了。妈妈捋着头发动情地说："咱家种树开花好兆头，我和你爸盼着你们几个孩子如花似树、前程似锦啊！"

美丽的妈妈给我们吉祥的祝福，给我们一则丁香花般的童话，她成了我们一生挥之不去的丁香情结。至今，我依旧清晰地记得妈妈骑车是从前梁上偏腿上的，她最好的一件衣服是毛蓝色的涤卡上衣，她爱唱一首歌《杭州的姑娘辫子长》。她每月的居委会主任津贴是6元钱，一到发薪之日，她总要用手帕包回黄杏或枣糕，看着我们吃，自己却舍不得动一口。冬天，她怕煤烟熏着我们，晚间从来不压火。早上6点起来生火，炉下烤土豆，炉上用玉米油煎一锅土豆片。我们上学的路上，是用手捧着吃这简单而火烫的早餐的。在我的记忆里，妈妈生活中最难为情的经历是去邻居家借10元钱，最开心的事情是在呼和浩特关帝庙小学看我和妹妹在主席台上同受表彰。

清贫中的妈妈是艰难的，也是乐观的，她是精神的富有者。她一辈子没有存过钱，想回一次乌兰浩特老家都未能成行。但在我结婚时，她硬是借钱给我买了一块法国产的"野马"牌手表，并在结婚当天，把保存了26年的我的出生证和一张纸页发黄的日历牌交给了我。妈妈情怀温暖，心细如丝。面对这一份"厚礼"，我惊讶而激动。然而，妈妈确确实实很穷，连一件值钱的物品都没有。她唯一的宝贝就是后窗台上的记事本——那是我给她的一个橘红色塑料皮采访本，里面记着借款的账目，记着每月柴米油盐的支出，记着孩子过生日煮鸡蛋的事。在这方小本里，还有妈妈工工整整抄写的《绣金匾》的歌词。在呼和浩特市中山东路办事处怀念周总理的演唱会上，妈妈一改羞涩的性情，登台高唱此歌。她音色质朴、情真意切，歌声、泪水交融，拨动了台下一根根心弦。顿时，我觉得妈妈那么清秀，那么真诚，那么善良，又那么高大！

　　妈妈热情、贤惠、坚强，更有人格魅力。她有胃溃疡，痔疮还很严重，可她从不随意休息片刻。她的身影总是忙碌的，她的脚步总是轻快的。怎能忘，她每天准点为我们做好饭，又走街串院检查卫生，走家串户抓大事小情。晚上，她坐在炕头不是纳鞋底，就是做棉衣。她真忙，又真高兴。她属于我们，属于社会，也属于大家。然而，劳累和操持最终让她病倒了。那是1981年4月底，我陪她去内蒙古中蒙医院检查。大夫说，需做胃肠造影。熟识我的挂号员顺手用我的医疗证给她办了检查手续。谁料，她持单入室检查时，发现是用我的公费医疗手续，马上回身对我说："儿子，妈是家庭妇女，不是国家干部，这便宜咱不能占。你若没这5元钱，妈就不查这病了！"妈妈轻声说着，眼里却闪出严肃的神情。我愧疚，满脸通红，又跑去重办自费手续。发生在医院走廊里的这段"插曲"，竟成了教育我几十年的人生一课！

　　妈妈病了，一病不起。她连连呕吐，口苦得就想吃樱桃，可当时根本就没有樱桃上市，急得我落了泪。在焦急和呼唤声中，妈妈还是在1981年6月1日凌晨去世了。她在生命弥留之际，喃喃地留下两句话。一句是："我的孩子们要好好学习，好好生活，做个正直的有出息的人。"再一句是："端午节快到了，妈不在，叫邻居刘大娘替妈给你们包粽子，咱家木桶小绿袋里装的是江米。"她就这样静静地走了，留给我们的是嘱托、眷恋、慈爱。我和弟弟妹妹为她换衣服，只见她一条秋裤补了5块补丁。这5块补丁时时浮现在我的眼前，牢牢补在我的心头，让我永远心痛，永远也补偿未及啊！

日月轮回，往事如烟，唯有妈妈是我心中一道不落的彩虹。屈指数来，妈妈离开我们已经20年了。20年在历史长河中是短暂的，可在我的生活中是漫长的，因为我是在期待和顾盼中度过的。20年来，我一天都没有忘记妈妈，经常在梦乡里与她相逢，经常在春风里与她对话。妈妈是我们生命的保护神，妈妈是我们心中的一盏灯。她给了我们生命，给了我们希望，给了我们学业。她付出了那么多爱心，可一天福也没有享过，一次让我们表示孝心的机会都没有给。她劳碌一生，奉献一生，竟连有暖气的楼房都没有住过，没看过彩电，没用过煤气和洗衣机，临走时想吃一颗樱桃都未能如愿。妈妈可知道，风雨20载，社会发生了沧桑巨变，现代物质文明早已走进了百姓生活。她割舍不下的儿女也都长大成人，分别当了高级记者、厅级领导、院校教授、药剂师、外交官、武警中校，连她唯一见到的长孙也在北京上了大学。然而，在举家团圆的日子，我们总在为失去她这位家庭的"顶梁柱"扼腕叹息。如果说人生最大的痛苦莫过于生离死别，那么遗憾却是心中的痛、无言的苦，让人长歌当哭，一生不宁！

妈妈一定知道，眼下我的年龄都比她走时大了一岁，可我永远是她的儿子。每逢大年除夕中央电视台春节联欢晚会开始的时刻，我就禁不住望着窗外飘飞的雪花纵情遐想。多盼她蓦然翩翩而归，穿的还是那件毛蓝色的涤卡衣服，披一条紫红色的毛围巾，坐在我们中间，叫着我们久违的乳名，尽享天伦之乐。届时，我要告诉妈妈，1998年夏我去莫力达瓦采访，在尼尔基镇恰遇樱桃上市。那一篮篮、一盆盆的樱桃，晶莹鲜亮，红似玛瑙。我从达斡尔族老大妈的柳筐里买了10斤红樱桃，又径直来到嫩江渡口，虔诚地把樱桃撒入江中。我知道，妈妈从不讲迷信。但，我是在还愿，在还她临走前没吃上樱桃这个愿！

而今，历史已经翻开了新春的扉页。看，妈妈从乌兰浩特的洮儿河边走来，又向大草原深处走去。她的身影多么熟悉，多么亲切。我们看见了，她在遥远地凝视。她的目光是那么温热、那么慈祥。我要说，草原的路有多长，妈妈对儿女的牵挂和祝福就有多长。无论妈妈走到什么地方，其实，永远没有走出留给儿女的母爱的毡房……

又是丁香花开时，花香袭人，花色迷人。此间，妈妈是一首甜婉的歌。听，"生活中正因为有了您，我们的生命才有意义"。这不是诗人浪漫的格言，这是儿女心底的回声。伴着儿女轻声的呢喃，亲爱的妈妈早已回来了。瞧，她不正微笑在紫丁香的花丛之中吗？

（摘自《读者》2012年第12期）

妈妈的礼物

舒 乙

这里说的礼物，是说专门当作礼品送过来的东西，这种送礼很有仪式感和庄重性，不是平常过日子给的，诸如买些花生瓜子之类的，或者买件衣服添双鞋之类的。满族人有送礼的习惯，人们常说：旗人礼多，这是确实的。过去逢年过节，办喜事，旗人都讲究送礼。礼物可能很小，不值钱，一个点心匣子呀，一个小盒粉呀，总得有，不能空手。但是，家人之间，倒并不太在意，特别是长辈和晚辈之间，常有忽略的时候。看《红楼梦》，林黛玉、贾宝玉倒是频频收到老太太的礼物，看着挺让人眼馋的，从而知道那时候在有钱人那里礼节是挺多的。

我的母亲和父亲，既是满族人，又是在洋学堂里上过学的，可能两方面都有影响，依然保持着家人之间送礼的习惯，尤以父亲为甚。母亲只是在特别隆重的日子才送，正因为隆重，所以也就记得清楚，终生难忘。

我留苏回来那年，24岁，正式参加工作了。有一回，星期天，和母亲去逛东安市场。我家离东安市场很近，只隔一站路，走到一个小珠宝店前，她走了进去，我以为她要买首饰之类的东西，便陪她走了进去。她站在一个平柜面前，指着一个摆放着小玉器的平板格子说："你挑一件吧。"我很吃惊，完全没有心理准备。

"挑什么？"

"挑一件玉佩吧。"

"哪样的？"

"挂在身上的。"

"干吗？"

"保平安，避邪。"

我完全懵住了，因为在那个年代，20世纪50年代末，完全没有人戴玉了。女性不戴玉镯，男人不挂玉佩，甚至连结婚戒指也没什么人敢戴。整个珠宝行业一派萧条。对母亲的建议我很感动，激动得说不出话来。老派的非常讲礼貌的店员也被我们母子二人的亲情所感动，殷勤地帮助推荐花色。最后由母亲做主，挑一块略带黄色的小玉佩，是挂在腰上的，给了我。

我没有问母亲送我玉佩的缘由，但是我由她的眼神里猜到了她的用意：一是祝贺我留学归来，学有所成，当了工程师；二是在某种意义上替我行成人礼。5年不见，我已长成大人，成了大小伙子，个子比她还高，虽然很瘦，但已属于"帅哥"。显然，对我的成长她很自豪，也是在替她自己得意和高兴吧。

这块玉，我始终没有佩戴过。可是我很珍惜它，当作宝贝锁在柜子里。可惜，"文革"时失落了。在我的脑海里，不论何时，永远保留着它的影子，因为这是妈妈的礼物，是她亲手替我置办的一件厚礼，在我生命的一个重要关头，仿佛是我的一个生命里程碑。

两年后，我在北京结婚。父亲送给我的礼物是他亲手在红纸上写的一幅字，8个大字：勤俭持家，健康是福。而母亲的礼物是一个大衣柜和4个木质小方凳。就这么简单。

转眼到了1992年，我已经57岁。我们都由四合院搬进了楼房。我和母亲住在一起，在同一层，分两个单元。那年的8月16日，是星期天，我正在案头写作。母亲悄悄地走进我的单元，笑眯眯地举着一个纸卷，说是送给我的生日礼物。打开一看，不得了，画了一窝猪！

我仔细数了数，一张小画，居然画了22头猪：两头老母猪，带着20头小猪。白猪、黑猪各9头，花猪4头。

画上的题字是："猪圈多产丰收年，乙儿五十又七诞辰，老母絜青喜戏而作，时九二年八月十六日"，上盖"絜青老人""九十年代"和"双柿斋"3方印章。

这张画是我的宝贝，托裱后现在常年挂在我的书桌右上方，我抬头就能看见它。每当客人来访，我都会让客人走近观看。我特别得意，因为每一位观看的朋友都会发出爽朗的笑声，无一例外，而且往往要说一句：老太太真好玩！

那一年老太太87岁，她大我整整30岁。

母亲给了我生命，儿子的生日是母亲的受难日。按理，儿子在生日那天要先向母亲行礼，请她喝点酒，吃顿好饭，热闹一番，表示感谢养育之恩。母亲却先想到，还特地画了画。我生于乙亥年，属猪，她便画了一窝猪，憨态可掬，特可爱，还亲自举着送来。

这就是母亲。

母亲生了你,养育了你,教育了你,不论你多大,她都想着你,注视着你,默默地关心着你,疼爱着你,为你祝福,为你祈祷。

因为你是她的孩子。

(摘自《读者》2012年第14期)

远去的马蹄声

贺捷生

1935年10月的湘西，霜风扑面，万山红遍。接到北上命令的红二六军团且战且退，正在苦苦寻找一道缝隙，准备杀出重围，去追赶遵义会议之后大踏步前进的红一方面军。

但偏偏就在这时，十月怀胎的母亲蹇先任却迟迟没有生产的迹象。被父亲贺龙安排在故乡桑植县南岔村冯家湾待产的母亲心急火燎，每天早晨醒来都拍着圆滚滚的肚子，对我说："儿啊，你怎么还不出来啊？你爸爸就要带着大部队远远地走了，如果不跟着走，到时我们娘儿俩可怎么办啊！"

好像是听见了母亲说的这些话，11月1日，母亲去上厕所，我懵懵懂懂地从她的身体里爬了出来，似乎要看看她到底急成了什么样子。血泊中的母亲忘记了疼痛，脱下一件衣服把我裹了起来，让人火速给父亲报信。父亲正在前线阻击敌军，最先得到消息的红六军团政委王震命令电台给他发报："祝贺军团长，生了一门迫击炮！"

父亲大喜，命令部队乘势出击，把潮水般涌来的敌军打回去。这一出击不要紧，红军势如破竹，摧枯拉朽，连续取得了龙家寨、十万坪和忠堡战役三场大捷，斩杀了敌军师长谢彬，俘虏了敌军师长张忠汉。

到这时，父亲才长出一口气，抽出大烟斗装上一袋烟，坐在指挥部里美美地吸起来。然后，他对围绕在自己身边的任弼时、关向应、萧克和贺炳炎等战友和爱将说："我当父亲了，你们说给这个丫头片子起个什么名字啊？"那时副军团长萧克刚娶了我的二姨蹇先佛，和父亲在搭档的基础上又成了连襟，他说："恭喜，恭喜，军团长带领我们打了胜仗，又喜得千金，我看孩子的名字就叫'捷生'，在捷报中出生的意思。"父亲一锤定音："要得，孩子就叫捷生，这名字响亮！"

18天后，我躺在由一匹小骡马驮着的摇篮里，成了红二六军团从桑植刘家坪开始长征的一员。队伍上路时，"喊喊喳喳"的脚步声和"嗒嗒"的马蹄声，让我乖得不敢发出哭声。我不知道为什么要躺在这样一个摇篮里，不知道队伍朝哪里走，也不知道驮着我们的那匹黑色小骡马，是父亲特供母亲和我使用的。

我不敢不乖啊！父亲原本是不准备带我走的，他连寄养我的人家都找好了——是他的一个亲戚，说好部队在离开前把我送过去。但当父亲和母亲轮番抱着我赶到那个亲戚家时，他们一家人已吓得不知去向。还在月子里的母亲虚弱得像片随时可能飘落的树叶，在这时像母狼般紧紧地抱住了我。父亲也不是铁石心肠，看到母亲生怕失去我，咬咬牙说："那就把捷生带上吧，路途艰险，是死是活看她的命了。"

我就这样跟着父亲和母亲走了，跟着那串时而敲打在岩石上，时而踩踏在冰雪中的马蹄声走了。从此山高水长，风餐露宿，"嗒嗒"的马蹄声始终陪伴着我，就如同母亲始终对我不离不弃。

母亲当时还在产褥期，我也没有满月，我们母女俩最早被安排跟随军团卫生部行军。卫生部部长贺彪又把我们编入伤病员队，还给母亲和我准备了一副担架。伤病员行动缓慢，走到澧水河边，敌机飞来了，扔下无数颗炸弹。河面上水柱冲天，伤病员乘坐的小船在波涛中打转，许多人落进了水里。小骡马吓得蹿了起来，前蹄腾空，差一点把我的摇篮掀翻了。贺彪叔叔扔下部队，把我从摇篮里抱出来，塞进母亲怀里，亲自撑一只船把我们送向对岸。

船到河中心，我被巨大的爆炸声和敌机的尖叫声吓得号啕大哭，贺彪叔叔冲着母亲怀里的我喊道："你哭，你哭，看你把敌机都招来了，再哭把你扔进河里！"这一吓，我真就不哭了，不知道是不敢哭，还是哭不出来。到了对岸，警报解除了，母亲跟贺彪叔叔打趣说："捷生那不是哭，她是在吓唬敌机呢，你看敌机不是飞走了吗？"贺彪叔叔想到刚才对我太粗暴了，连忙伸出手来刮我的鼻子，逗我一笑。

那次整整走了两天一夜。到了宿营地，母亲什么都不顾，只顾把我从摇篮里抱出来，手脚并用地给我喂奶、换尿布。经过那么长时间的颠簸和惊吓，我不仅饿了，而且变得臭不可闻。你想啊，两天一夜马不停蹄地奔走，在层层叠叠裹着我的襁褓里，积攒了多少屎尿！那股臭味，简直要熏翻天。医疗队有个男护士掩着鼻子开玩笑说："等过20年后她长大了，我们把这情景说给她听，她肯定会害臊的。"

还未走出湖南，母亲说什么也要回军团总部。卫生部拖着那么多的伤病员，还有那么多丢不下的设备，她不好意思让人照顾。贺彪叔叔拦不住，让她把抬担架的两个兵和担架也一块带走。母亲说："这怎么可以呢？我离开卫生部,就是想把担架留下来抬伤病员。"

父亲虽然日理万机,但见到我们回到他身边,心里很高兴。他知道母亲太不容易了,除了每天要背着行装自己赶路,还得一把屎一把尿地照料我。晚上宿营时大家睡下了,她又得把我弄脏的衣服和第二天要换用的尿布洗出来。那时快到冬天了,洗好的衣服和尿布干不了,必须找炉火一件件烘干。做完这些事再躺下时,已是凌晨时分,队伍又差不多要上路了。让我们跟着军团总部走,父亲总能搭把手。

毕竟还在月子里,母亲也有走不动的时候,就抱着我骑在小骡马上走。父亲看见了,大惊失色,说:"这怎么行啊!倘若骡马受惊,一摔就是两个,还是我替你抱吧。"说着把马并过来,俯下魁梧的身躯,从母亲手里接过襁褓中的我,然后在马屁股上狠狠地抽了一鞭。

父亲那匹马高大健壮、背脊宽阔,跑起来像一阵旋风。在驰骋中敲响的蹄音,像奔雷,像风暴,像大浪拍打着礁石。

此后几天,父亲每天都带着我在山道上奔驰。他勒紧腰间的皮带,拉开领口,把我小心地放进他宽大的胸怀里,如同一只大袋鼠装一只小袋鼠。偎依在他那温暖的胸膛,我一声不吭,仿佛回到了母亲的肚子里,仿佛那一路上"嗒嗒"的马蹄声,仍是母亲的心跳。

没几天,发生了那个流传甚广的故事:他把我弄丢了。

那是过一个山垭口时,前后突然发现了敌人。父亲意识到有落入包围的危险,策马狂奔,迅速调动被挤压在山垭里的部队抢占两边的山冈。但他没想到,就在这时,我就像个飞起来的包裹,从他的怀里被颠了出来,重重地落进路边的草丛里。接下来杀声四起,红军从山垭口夺路而行,谁也没想到,这时军团长的孩子掉进了草丛里。

我猜想,我落进草丛后的反应纯属条件反射,当那串熟悉的马蹄声消失之后，摔晕在草丛里的我蓦然醒来，感到周围冷冰冰的，不由得哭了起来。但我那天的哭声是那么微弱，那么有气无力。

山垭遭遇战后，父亲带领部队一口气奔袭了几十里。喘气的时候，他习惯性地伸出手去拔腰间的旱烟袋，像触电一般，他猝然发现身上少了什么。一声"糟糕"还未出口，身上的汗珠已滚滚流淌。当即他烟不抽、脚不歇，带上两个警卫员，快马加鞭，火速返回去寻找。

路过一片树林时，几个坐在树下歇息的伤病员看见军团长驰马过来，急忙站起来向他敬礼，父亲的马像风一样从他们的面前刮过去。因为这时候他的心里只有孩子，只有他认识丢失我的那个山垭。

跑着、跑着，父亲下意识勒住了缰绳，掉过马头回来问那几个伤病员："你们看见我的孩子了吗？"伤病员们举起捡到的襁褓说："军团长，是这个吗？"

原来，落在大部队后面的这几个伤病员，在经过刚打过仗的那个山垭口时，听见了孩子的哭声。他们在草丛中找到我后，见我裹着红军的衣服，认定我是红军的后代，于是抱上我继续赶路。

"是她！是她！"父亲从马上滚下来，如同抢夺一般把襁褓接过去，掀开一看，我哼哼唧唧的，饿得正吮着自己的手指呢。

父亲的眼睛红了，两滴浑浊的泪水夺眶而出。

76年过去，我至今对父亲和母亲深怀歉意。因为我生得那么不是时候，以致成了他们割舍不下的包袱。二万五千里长征，他们在纷至沓来的战事、饥饿、寒冷和死亡中，既要保住自己的生命，带领和跟随部队前进，又要保住我的生命，无论多么危险多么艰苦，都没有把我扔掉，或随便送个什么人家。而与我同时期生养的孩子，有的死在路上，有的被送给路过的老百姓，以后再也没有找回来。

说起来，最难的还是我母亲，她可不是粗手大脚的乡下女人，而是长沙名校兑泽中学毕业的进步学生，长得细皮嫩肉。但她选择了革命，选择了我父亲，也就选择了此后遍布荆棘的苦难人生。背着刚剪断脐带的我长征，她遭受的折磨和艰辛，起码是其他人的两三倍。她可是一个女人，一个在月子里以虚弱的身子长征的产妇啊！

刚出发时，我还能躺在马背上的摇篮里，让母亲挂一根竹竿走自己的路。但到了云南境内，山高路险，树杈横生，她怕划伤我娇嫩的皮肤，便用一个布袋子兜着我，将我挂在胸前。走那样的路，连骡马都会失足跌进深渊，她一个女同志胸前挂个四肢乱蹬的婴儿，需要付出多大的体力和毅力！

一次，我病得非常重，两三天都哭不出声来，大家认为我不能活了。中华人民共和国成立后担任农业部部长的陈希云叔叔看见我奄奄一息的样子，不知从哪儿寻来一块花布，交给母亲说："女孩儿爱美呢，走的时候用这块花布包包吧。"母亲的心里一颤，藏起花布，用尽办法救我的命。她想，女儿可是贺龙的命根子，只要还有一口气，就要用自己的胸膛把她暖过来。即使死，也要让她死在自己的臂弯里。万幸的是，我真是命大，几天后又能哭了，大家悬着的心放了下来。

中华人民共和国成立之初，母亲回想起这段经历，在她后来亲手烧了的回忆录中，写下了一段让我什么时候想起来都会热泪盈眶的文字：

"……行军一天的战友们都睡着了。我手里缝着小衣服，眼睛望着背篓内的小捷生，见她闭着小眼睛不哭不闹的姿态，我的心就像被无数针扎似的剧痛。我暗自祝愿：儿啊！你在襁褓中就与父母一起长途征战，吃够了苦头，受够了磨难，只要你平安无事，渡过难关，妈妈就是受尽了艰辛，也是心甘情愿的！无论遇到什么样的危险，母女俩也要相依为命,永远患难与共。"

翻越连绵不断的雪山,没有人不筋疲力尽。由于天寒衣单,空气稀薄,腹里空空,一些熟悉的面孔走着走着便不见了。我最小的舅舅蹇先超只有16岁,稚气未脱,是跟着母亲和有孕在身的二姨蹇先佛一起长征的。因姐夫贺龙和萧克分别是军团长和副军团长,他原本能受到很好的照顾,但他执意要跟着战斗部队走,跟着他一路护送来的伤病员走,最后自己被冻僵在雪山上,再也没有起来。

从湘西启程到跌跌爬爬翻过雪山,红二方面军在路上足足走了7个月。像我这个走时还未满月的孩子,被父母和许多叔叔阿姨背着、抱着,被马背上的摇篮没白没黑地颠着,也终于像金蝉蜕壳那样蜕去了每天都要反复捆扎的襁褓,开始自己坐立、爬行和牙牙学语。

接着,一望无垠的草地扑面而来。在这里,到处都是腐烂的草、浑浊的水,冒着水泡的沼泽地深不可测。因长期浸泡着各种动物的腐尸,酱紫色的水面漂着一块块铁锈,脚泡在水里或被杂草划破,马上就出现浮肿和溃烂。队伍再难以成建制前进了,只能各自择路而行,水一脚泥一脚的。许多人走起来,像纸那样在寒风中飘。

从阿坝到包座,连续几天走水草地,行进极为缓慢,走一步,滑一步,官兵们此起彼伏地摔跤。马蹄声也变得绵软起来,仿佛钟表的发条松弛了,走得慢吞吞的,随时可能停下来。

我一生中无法说清的饥饿,就是在草地上经历的。母亲后来告诉我,那时我饿得只会哭,像头小野兽那样哭,像谁要杀我似的那样哭,怎么也哄不住。哭着哭着,抓住她的手吃手,抓住自己的衣角吃衣角。但饥饿是共同的,没有指挥员和普通士兵之分,也没有大人和孩子之分。我是整个方面军带着过草地的4个孩子之一,又是贺龙的女儿,听见我天天哭号不止，许多叔叔阿姨要分我一点口粮，母亲坚决不收。她说："现在粮食就是命，不能舍了别人的命，救自己孩子的命。"

有一回，父亲亲自动手给我做吃的，可他的粮袋空了，他就拿一只搪瓷缸，倒提着袋子往下抖，又团在手里反复地揉，把粘在粮袋上的粉尘和钻进针脚里的颗粒都搜出来，才勉强把搪瓷缸里的清水弄浑。接着放到火上去煮、去熬，直到熬出一层薄薄的糊糊，然后用手指勾起糊糊，一点点往我的嘴里刮。我吃得津津有味，有几次叼着他的手指，狼吞虎咽地往喉咙里送。

到达陕北保安后，中央财政部部长林伯渠赶来看母亲，不明白母亲为什么老抱着我，问孩子多大了，母亲说一周岁了。林老说："一周岁了还要抱？"母亲说："孩子长征跟过来，营养不良，小腿是软的，站不起来。"林老当场就流泪了，让随员立刻送一条羊腿来。有了这条羊腿，母亲每天用小刀削一块，拿长征时用过的那只搪瓷缸放在火盆上煨熟炖烂，再加上一片馒头或一小碗米饭，喂给我吃。吃完这条羊腿，我挣脱母亲的怀抱，颤颤巍巍，在大地上迈出了第一步。

啊，长征一年，在这条充满险恶也充满希望的道路上，我花蕾初绽的生命能够活下来，就是一个奇迹！

（摘自《读者》2012年第24期）

风筝

王安忆

　　风筝或许是永远挣不断线的。

　　天下的母亲都爱操心，我妈妈是天下母亲中最爱操心的。在她眼里，儿女全是还没孵出蛋壳的鸡，她必须永远孵着我们。

　　小时候，姐姐上小学了，她最惧怕的是毛毛虫和图画课。她画出的人全有着一副极可怕的嘴脸，图画老师只能摇头，叹息也叹息不出了。有一次，她有点不舒服，可是有一项家庭作业却没有完成。那是一幅画，要画一个苹果。她好为难，哭了。妈妈说："我来帮你画。"吃过晚饭，妈妈拿来姐姐的蜡笔和画纸，在灯下铺张开来。她决心要好好地画一个苹果，为姐姐雪耻。妈妈画得很仔细、很认真，运用了多种颜色。记得那是一个色彩极其复杂的苹果，一半红，一半绿，然后，红和绿渐渐接近、相交、汇合、融入。姐姐则躺在床上哭："老师要一只红的。"

妈妈时常辅导我们功课，尤其是算术。她不希望我们去搞文科，而要我们搞理工科。她明白理工科的基础，在小学里便是算术了。

有一次，临近大考，她辅导我"换算"。她一定要问我"1丈等于多少米"，我说："老师只要我们知道1米等于多少市尺就行了。"可是，妈妈说："万一有一道题目是1丈等于多少米，你怎么办呢？"她的逻辑是对的，我想不出任何道理来反驳，于是只能跳脚了。

其实，她辅导我语文恐怕更合适一些，可她并不辅导，只管制我读书。第一次看《红楼梦》是在我小学四年级，妈妈把那些不适于我读的地方全部用胶布贴了起来，反弄得我好奇难熬，千方百计想要知道那胶布后面写的是什么。

后来，我和姐姐先后去插队，终于离开了家。可我们却像风筝，飞得再高，线还牢牢地牵在妈妈手里，她时刻注意我们的动向。后来，我到了一个地区级文工团拉大提琴，妈妈凡是路过那里，总要下车住几天。有一次，我告诉她，我们去了一个水利工地演出，那里有一座大理山，有许多大理石。妈妈便说："这是个散文的意念，你可以写一篇散文。"这时候，我已年过二十，大局已定，身无所长，半路出家学的大提琴终不成器。妈妈在我们身上寄托的理工之梦早已破灭，又见我一人在外，饱食终日，无所事事，反倒生出许多无事烦恼，便这么劝我了。之后，我闲来无事，写成了一篇散文，不料想这成了我第一篇印成铅字的作品，给了我一个当作家的妄想。

然后，我便开始舞文弄墨，每一篇东西必须妈妈过目，然后根据她的意见修正，才能寄往各编辑部，再次聆听编辑的意见，再次修正。她比编辑严格得多，意见提得极其具体、细微。我常有不同意之处，可是总不如她合乎逻辑，讲不清楚，于是又只好跳脚了。

然后，我去了北京讲习所，风筝的线仍然牵在她手里，每一篇东西总是先寄给她看。不过，与先前不同的是，妈妈同意让我听了编辑部的意见以后，再考虑她的意见。这时，我如同闸门打开，写得飞快，一篇连一篇，她实在有些应接不暇了。终于有一天，她紧接一封谈意见的信后又来了一封信，表示撤销前封信，随我去了。风筝断了线，没头没脑地飞了起来，抑或能飞上天，抑或一头栽了下来，不过，风筝自己也无须有什么怨言了。这后一封信是在我爸爸的劝说下写的，爸爸劝妈妈不要管我，随我自己写去。这是爸爸对我们一贯的政策，他对我们所有的担心只有一点，就是过马路。出门必须说一句："过马路小心！"其他都不管了。似乎普天下只有过马路这一危机，只要安全地穿过马路，人平安无事，做什么都行，什么希望都有。倒也简练得可以。

长大以后，说话行事，人家总夸："你爸爸妈妈教养得好。"有所不满，总说："给你爸爸妈妈宠坏了。"似乎，对于我们，自己是一点功绩也没有的。或许也对。小时候，我喜欢画画，画的画也颇说得过去，老师总说："和你姐姐一点不像。"可无奈大人要我学外语，请来教师，每周上3次英语课。只能敷衍应付。到了末了，连敷衍也敷衍不下去了，只得停了课。如今，我每周两次，心甘情愿地挤半小时汽车，前往文化宫学习英语，苦不堪言地与衰退的记忆力做着搏斗，不由想，假如当年父母对我拳棒相加，也许这会儿早能看懂原版著作了。再一想，假如当年，大人听顺我的志趣，或许现在也能画几笔了。倒是这样似管非管，似不管非不管，弄出了个写小说的梦。想来想去，儿女总是父母的作品。他们管也罢，不管也罢，都是他们的作品。风筝或许是永远挣不断线的。

（摘自《读者》2013年第2期）

一生最大的勇敢都来自母亲

余秋雨

一

九旬老母病情突然危重,我立即从北京返回上海。几个早已安排好的课程,也只能调课。校方说:"这门课很难调,请尽量给我们一个机会。"我回答:"也请你们给我一个机会,我只有一个母亲。"

妈妈已经失去意识。我俯下身去叫她,她的眉毛轻轻一抖,没有其他反应。我终于打听到了妈妈最后说的话。保姆问她想吃什么,她回答:"红烧虾。"医生再问,她回答:"橘红糕。"说完,她突然觉得不好意思,咧嘴大笑起来,之后就再也不说话了。橘红糕是家乡的一种食物,妈妈儿时吃过。生命的终点和起点,在这一刻重合。

在我牙牙学语的那些年，妈妈在乡下办识字班、记账、读信、写信，包括后来全村的会计工作，都由她包办，没有别人可以替代。做这些事情的时候，她总是带着我。等到家乡终于在一个破旧的尼姑庵里开办小学时，老师们发现我已经识了很多字，包括数字。几个教师很快找到了原因，因为我背着的草帽上写着4个漂亮的毛笔字："秋雨上学"，是标准行楷。

至今我仍记得，妈妈坐在床沿上，告诉我什么是文言文，什么是白话文。她不喜欢现代文言文，说那是在好好的头上扣了一个老式瓜皮帽。妈妈在文化上实在太孤独，所以把我当成了谈心对象。我7岁那年，她又把扫盲、记账、读信、写信这些事全都交给了我。

我到上海考中学，妈妈心情有点儿紧张，害怕因独自在乡下的"育儿试验"失败而对不起爸爸。我很快让他们宽了心，但他们都只是轻轻一笑，没有时间想原因。只有我知道，我获得上海市作文比赛第一名，是因为已经替乡亲写了几百封信；数学竞赛获大奖，是因为已经为乡亲记了太多的账。

二

医生问我妻子，妈妈一旦出现结束生命的信号，要不要切开器官来抢救，包括电击？妻子问："抢救之后能恢复意识吗？"医生说："那不可能了，只能延续一两个星期。"妻子说要与我商量，但她已有结论：让妈妈走得体面和干净。

我们知道，妈妈太要求体面了，即便在最艰难的那些日子，服装永远干净，表情永远优雅，语言永远平和。到晚年，她走出来还是个"漂亮老太"。为了体面,她宁可少活几年,哪里会在乎一两个星期?

一位与妈妈住在同一社区的退休教授很想邀我参加他们的一次考古发掘研讨会,3次上门未果,就异想天开地转邀我妈妈到场。妈妈真的就换衣梳发,准备出门,幸好被保姆阻止。妈妈去的理由是,人家满头白发来了3次,叫我做什么都应该答应。妈妈内心的体面,与单纯有关。

妈妈如果去开会了,会是什么情形?她是明白人,知道自己只是来替儿子还一个人情,只能微笑,不该说话,除了"谢谢"。研讨会总会出现不少满口空话的人,相比之下,这个沉默而微笑的老人并不丢人。在妈妈眼里,职位、专业、学历、名气都可有可无,因此她穿行无羁。

三

大弟弟松雨守在妈妈病床边的时间比我长。在我童年的记忆中,他完全是在妈妈的手臂上死而复生的。那时的农村谈不上什么医疗条件,年轻的妈妈抱着奄奄一息的婴儿,一遍遍在路边哭泣、求人。终于,遇到了一个好人,又遇到一个好人……

我和大弟弟都无数次命悬一线。由于一直只在乎生命的底线,所以妈妈对后来各种人为的人生灾难都不屑一顾。

我知道,自己一生最大的勇敢都来自母亲。我6岁那年的一个夜晚,她去表外公家回来得晚,我瞒着祖母翻过两座山岭去接她。她在山路上见到我时,没有责怪,也不惊讶,只是用温热的手牵着我,再翻过那两座山岭回家。

我从小就知道生命离不开灾难,因此从未害怕灾难。后来我因历险4万公里被国际媒体评为"当今世界最勇敢的人文教授",追根溯源,就与妈妈有关。妈妈，那4万公里的每一步，都有您的足迹。而我每天趴在壕沟边写手记，总想起在乡下跟您初学写字的情形。

　　妈妈，这次您真的要走了吗？乡下有些小路，只有您和我两人走过，您不在了，小路也湮灭了；童年的有些故事，只有您和我两人记得，您不在了，童年也破碎了；我的一笔一画，都是您亲手所教，您不在了，我的文字也就断流了。

　　我和妻子在普陀山普济寺门口供养了一棵大树，愿它能够庇荫这位善良而非凡的老人，即便远行，也宁谧而安详。

（摘自《读者》2013年第11期）

虎子无犬父

叶兆言

1900年注定不安分,中国北方正闹着轰轰烈烈的义和团,有位老公子哥不得志、很郁闷,冷冷清清地来到南京,打算在这里定居养老。南京这地方从来不适合韬晦养志,任你是个什么人物,灯红酒绿的秦淮河边一住,革命也就基本到头。

这位老公子哥便是散原老人陈三立,说他老,他此时48岁,按照古人标准,确实没多少年折腾了。说公子哥,他是晚清著名的"维新四公子"。两年前戊戌变法,出身名门的四位公子,呼风唤雨何等风光,不曾想风云突变,维新人士成了康梁乱党,"维新四公子"之一的谭嗣同被押往菜市口砍头,其他三位没掉脑袋已算幸运。

"春归秣陵树,人老建康城",既然政治不好玩,会丢了身家性命,散原老人开始全心全意地玩文学,玩纯文学。当时的文坛,说白了就是诗坛，小说是标准的俗文学，给老百姓看的下里巴人，士大夫和文人看重的还是有传统的诗歌。谁在诗坛上最牛，谁就能执文坛之牛耳。汪辟疆的《光宣诗坛点将录》将散原老人尊为"及时雨宋江"，一百单八将中排名第一，由此可见其地位之显赫。

要说诺贝尔文学奖评委真犯过什么严重错误的话，就是没把这奖项颁给俄国的托尔斯泰，并且也不知道中国还有个散原老人。毫无疑问，作为诗坛祭酒，作为当时中国文坛最有代表地位的诗人，如果他老人家获奖，不但众望所归，关键还能增加这个文学奖的含金量，毕竟中国传统诗歌也是世界文学的一部分。

钱锺书的小说《围城》中谈到诗坛，虽调侃，也写出了当时的部分真相。一位叫董斜川的诗人吹嘘自己曾跟散原老人聊过天，说"老头子居然看过一两首新诗"，认为"还算徐志摩的诗有点意思，可是只相当于明初杨基那些人的境界，太可怜了"。

小说家的话不可以太相信，当不得真，不过玩旧诗，通常倚老卖老，会看不上新诗，新诗人却不得不对前辈表示恭敬。1924年，诺贝尔文学奖得主泰戈尔来中国访问，慕名拜访散原老人，散原老人比泰戈尔大9岁，也算是同时代人。徐志摩屁颠颠地给他们当翻译，免不了一些客套，相互送书，拍照，究竟说了些什么话，有过什么样的文化交流，也不得而知，反正多少有点象征意义，毕竟当时中国和印度最好的两位诗坛大佬见面了，这很不容易。

有人问，既然对散原老人有兴趣，那么他当时住的老房子在哪儿？我想了想，真答不出来。九曲青溪十里秦淮，只知道紧挨青溪河边，取名"散原精舍"。"精舍"二字望文生义，容易让人联想豪宅的精装修，其实是普通住宅。古人称佛教修行者的住处为精舍，散原老人官场失意，避祸南京只为养老，用这两个字十分合适。

那时候，陈寅恪只有10岁，有兄弟5人，最小的登恪刚3岁。散原老人为了儿子的教育，干脆办家学，花银子聘请家庭教师。他身上洋溢着名士气，俨然成了《儒林外史》中的杜少卿，饮酒作诗，基本上就是专业作家。科举还没废除，他早已大彻大悟，内心深处先将它给结束了。

有人把清王朝的崩溃，归罪于科举废除，因为读书人失去了奋斗目标，前途变得黯淡了。散原老人也算是有功名的人，举人出身，中过进士。1882年乡试，30岁的他讨厌八股文，竟用散文体写试卷。这是公然冒犯科举，初选就险遭淘汰，幸好遇到一位慧眼识才的考官，重新将他破格录取。

僵硬的科举已失去存在意义，废除不废除都得完蛋。只是他的做法，更像一位纯粹的诗人。或许正是因为这种气质，才能把诗写好，才能作出真正的学问。现成的例子就是陈寅恪，他显然继承其父风范，学贯中西，不知念了多少个一流大学，学历上可以写上日本弘文学院、德国柏林大学、瑞士苏黎世大学、法国巴黎高等政治学校、美国哈佛大学，能阅读梵文、巴利文、波斯文、突厥文、西夏文、英文、法文、德文等多种文字，却没有任何正经八百的文凭和学位。

在科举废除的前两年，也就是1903年，散原老人曾担任过南京三江师范的总教习，又称总稽查。三江师范后来改名两江师范，又改名南京高等师范，再改名东南大学及中央大学，最后就是今天的南京大学。因此，说起南大的老校长，似乎不该忘了提一提这位散原老人。不过这也是挂名差事，他显然志不在此，这时候，北京已经有了京师大学堂，各地纷纷效仿，由官方出面办新式学校，官办学校就像官样文章，通常不入诗人的法眼。

散原老人更像是一个文学小圈子里的人物，好在有个争气又充满传奇的儿子，你可能不认识散原老人，但你不会不知道他的儿子陈寅恪。

（摘自《读者》2014年第1期）

外祖父的白胡须

琦 君

我没有看见过我家的财神爷,但是我总是把外祖父与财神爷联想在一起。因为外祖父有三绺雪白雪白的长胡须,连眉毛都是雪白的。他手里老捏着旱烟筒,脚上无论冬夏,总是拖一双草拖鞋,冬天了再多套一双白布袜。长工阿根说财神爷就是这个样儿,他听一个小偷亲口告诉他的。

那个小偷有一夜来我家偷东西,从谷仓里偷了一担谷子,刚挑到后门口,却看见一个白胡子老公公站在门边,拿手一指,那担谷子就重得再也挑不动了。他吓得把扁担丢下,拔腿想跑,老公公却开口了:"站住,不要跑。告诉你,我是这家的财神爷,你想偷东西是偷不走的。你没有钱,我给你两块银圆,你以后不要再做贼了。"老公公摸出两块亮晃晃的银圆给他,叫他快走。小偷从此再也不敢到我家偷东西了。所以这地方人人都知道我家的财神爷最灵、最管事。外祖父却摸着胡子笑眯眯地说:"哪一家都有个财神爷，就看这一家人做事待人怎么样。"

外祖父是读书人，进过学，却什么功名都没考取过，后来就在祠堂里教私塾，并在当地给人义务治病。他医书看了很多，常常讲些药名或简单的方子给妈妈听。因此妈妈也像半个医生，什么茯苓、陈皮、薏米、红枣，无缘无故地就熬来喂我喝，说是理湿健脾的。外祖父坐在厨房门口的廊檐下，摸着长胡须对妈妈说："别给孩子吃药，我虽给旁人治病，但自己活了这么大年纪，却没吃过药。"他说，耳不医不聋，眼不医不瞎，上天给人的五官与内脏机能，本来都是很齐全的，好好保养，人人都可活到100岁。他说他自己起码可以活到90以上，因为他从不生气。我看着他雪白的胡须被风吹得飘呀飘的，很相信他说的话。

冬天，他最喜欢叫我搬两把竹椅，我们并排坐在后门的矮墙边晒太阳。夏天就坐在那儿乘凉，听他讲那讲不完的故事。妈妈怕他累，叫我换张靠背藤椅给他，他都不要。那时他70多岁，腰杆挺得直直的，没有一点佝偻的老态。

坐在后门口的一件有趣的工作，就是编小竹笼。外祖父用小刀把竹篾削得细细的，教我编一种四四方方的小笼子。笼子里面放圆卵石，编好了扔着玩。有一次，我捉了一只金龟子塞在里面，外祖父一定要我把它放走，他说虫子也不可随便虐待的。他指着墙角边正在排着队搬运食物的蚂蚁说："你看蚂蚁多好，一个家族同心协力地把食物运回洞里，藏起来冬天吃，从来没看见一只蚂蚁只顾自己在外吃饱了不回家的。"他常常故意丢一点糕饼在墙边，坐在那儿守着让蚂蚁搬运，嘴角一直挂着微笑，胡须也翘着。妈妈说外祖父会长寿，就是因为他看世上什么都是好玩的。

要饭的看见他坐在后门口，就伸手向他讨钱。他就掏出枚铜子给人家。一会儿，又来了一个，他再掏一枚。一直到铜子掏完，他才摇摇手说："今天没有了，明天我换了铜子你们再来。"妈妈说善门难开，叫他不要这么施舍，招来好多要饭的难对付。他像有点不高兴，烟筒敲得"咯咯"地响，他说："哪个愿意讨饭？总是没法子才走这条路。"有一次，我亲眼看见一个女乞丐向外祖父讨了一枚铜子，不到两个钟头，她又背了个孩子再来讨。我告诉外祖父说："她已经来过了。"他像听也没听见，又给她一枚。我问他："您为什么不看看清楚，她明明是欺骗您。"他说："孩子，天底下的事就是这样，他来骗你，你只要不被他骗就是了。一枚铜子，在她眼里比斗笠还大，多给她一枚，她多高兴。这么多讨饭的，有的人确实是好吃懒做，但有的真的是因为贫穷。我有多的，就给他们。也许有一天他们有好日子过了，也会想起自己从前的苦日子，想到受过人的接济，就会好好帮助别人了，那么我今天这枚铜钱的功效就很大了。"他喷了口烟，问我："你懂不懂？"

"懂是懂，不过我不大赞成拿钱给骗子。"我说。

"骗人的人也是可以被感化的。我讲个故事给你听，我们的国父孙中山先生就是位最慷慨、最不计较金钱的人，他自己没钱的时候，人家借给他钱，他不买吃的、穿的，却统统买了书。他说钱一定要用在正正当当的地方。当他宣扬革命的时候，许多人都来向他借钱，他都给人家。那时他的朋友胡汉民先生劝他说：许多人都是来骗你钱的，你不可太相信他们。他却说没有关系，这么多人里面，总有几个是真诚的。后来那些向他拿过钱、原只是想骗骗他的人，都被他感动，纷纷起来响应他了。这一件事就可证明，人人都可做好人。你当他是坏人，他也许真的就变坏了；你当他是好人，他就是偶然犯了过错，也会变好的。诚心诚意待人，一定可以感动对方的。我再讲一段国父的故事给你听。"他讲起孙中山先生来就眉飞色舞，因为他最钦佩孙中山先生了。他说："国父在国外的时候，有一个留学生愿意参加革命，后来又有点害怕了，就偷偷割开他的皮包，偷走了一份革命党成员的名单。国父却装作不知道，等到革命成功以后，他一点也不计较那人所犯的过错，反而给他一个官做。那人万分的感动，做事做得很好。"

他忽然轻声轻气地问我："你知不知道那一次咱家财神爷吓走了小偷是怎么回事？"

"不知道。"

"你别告诉别人，那个白胡子财神爷就是我呀！"

"外公，您真好玩，那个小偷一定不知道。"

"他知道，他不好意思说，才故意那么告诉人的。我给他两块银圆，劝说他一顿，他后来就去学做手艺，没有再做小偷了。"

他又继续说："我不是说过吗？哪一家都有个财神爷，一个国家也有个财神爷，做官的个个好，老百姓也个个好，这个国家就会发财，就会强盛。"

这一段有趣的故事，我一直都没有忘怀。

"施比受更为有福。"这是古今中外颠扑不破的真理。外祖父就是一位专门将快乐带给人们的仁慈老人。

我现在执笔追述他的小故事时，眼前就出现他飘着白胡须的慈爱面容。他活到96岁，无疾而终。去世的当天早晨，他自己洗了澡，换好衣服，在佛堂与祖宗神位前点好香烛，然后安安静静地靠在床上，像睡觉似的睡着去世了。可是无论他是怎样的仙逝而去，我还是禁不住悲伤哭泣。因为那时我的双亲都已去世，他是唯一最爱我的亲人。我自幼依他膝下多年，我们的祖孙之情是超乎寻常的。记得最后那一年的腊月廿八，乡下演庙戏，天下着大雪，冻得人手足都僵硬了。而每年腊月的封门戏，班子总是最蹩脚的，衣服破烂，唱戏的都是又丑又老，连我这个戏迷都不想去看。可是外祖父点起灯笼，穿上钉鞋，对我与长工阿根说："走，我们看戏去。"

"我不去，外公，太冷了。"

"公公都不怕冷，你怕冷？走。"

他一手牵我，一手提灯笼，阿根背着长板凳，外祖父的钉鞋踩在雪地里，发出"沙沙"的清脆声音。他走得好快，到了庙里，戏已经开锣了，正殿里零零落落的还不到30个人。台上演的是我看厌了的《投军别窑》，一男一女哑着嗓子不知在唱些什么。武生旧兮兮的长靠背后，旗子都只剩了两杆，没精打采地垂下来。可是每唱完一出，外祖父却拼命拍手叫好。不知什么时候，他给台上递去一块银圆，叫他们来个"加官"，一个魁星兴高采烈地出来舞一通，接着一个戴纱帽穿红袍的又出来摇摆一阵，向外祖父照了照"洪福齐天"四个大字，外祖父摸着胡子笑开了嘴。

人都快散完了，我只想睡觉。可是我们一直等到散场才回家。路上的雪积得更厚了，老人的长筒钉鞋，慢慢地陷进雪里，再慢慢地提出来。我由阿根背着，撑着被雪压得沉甸甸的伞，在摇晃的灯笼光影里慢慢走回家。阿根埋怨说："这种破戏看它做什么？"

"你不懂，破班子怪可怜的，台下没有人看，叫他们怎么演得下去。所以我特地去捧场的。"外祖父说。

"你还给他一块银圆呢。"我说。

"让他们打壶酒，买斤肉，暖暖肠胃，天太冷了。"

红灯笼的光晕照在雪地上，好美的颜色。我再看外祖父雪白的长胡须，也被灯笼照得变成了粉红色。我抱着阿根的颈子说："外公真好。"

"唔，你老人家这样好心，将来不是神仙就是佛。"阿根说。

我看看外祖父快乐的神情，他真像是一位神仙似的。

那是我最后一次跟外祖父看庙戏。以后我外出求学，就没机会陪他一起看庙戏、听他讲故事了。

现在，我抬头望着蔚蓝的晴空，朵朵白云后面，仿佛出现了我那留着雪白长须的外祖父，他在对我微笑，也对这世界微笑。

（摘自《读者》2015年第3期）

我的父亲
马未都

父亲口吃,时重时轻,关键看什么人在场。按母亲的话说,他生怕生人不知道他是个结巴。言外之意,父亲在生人面前,第一次开口,先表明自己的弱项,而且总是夸大这一毛病。

小时候听过父亲作报告,我站在礼堂门口听了一个多小时,也没见他结巴一句,好生奇怪地回了家。后来在电视上看见有明星介绍自己,平时结巴,一演戏就口若悬河,我深信不疑。

挂花谁都挂过

我的老家在胶东半岛的顶端,是一个狭长的间歇半岛,叫镆铘岛。父亲十几岁的时候,就从镆铘岛走出来当了兵,参加革命。因为有点文化,他一直做思想政治工作，从指导员、教导员干到政委。

父亲曾对我说，他们一同出来当兵的有39个人，中华人民共和国成立那年，就剩一个半了——他一个全乎人，还有一个负伤致残的。

父亲开朗，在我小时候，他给我的印象永远是笑呵呵的，说起战争的残酷，都以轻松的口吻叙述，从不渲染。

他告诉我，他和日本人拼过刺刀。一瞬间要和一个素昧平生的人决一生死，其残酷可想而知。他脸上有疤，战争时期留下的，你问他，他就会说，挂花谁都挂过，军人嘛，活下来就是幸福。

我在父亲的身上学到的是坚强与乐观，一辈子受用。

给儿让卧铺

我虽是长子，但在小时候，还是有些怕父亲。那时的家长，对孩子动粗是家常便饭，军队大院里很流行这种风气。我看电视剧《激情燃烧的岁月》中石光荣打孩子，觉得很真实，还有点儿幸灾乐祸。

小时候，家中没什么可玩的，没玩具，也没游戏机、电视什么的，男孩子稍大一点都是满院子撒野。一到吃饭的时候，就能听见各家大人呼唤孩子吃饭的叫声。父亲叫我的名字，总要加一个"小"字，"小未都、小未都"地一直叫到我二十多岁，也不管有没有生人在场。

战争中走过来的军人，对孩子的爱是粗线条的，深藏不露。我甚至不记得父亲搂过我、亲过我。那时，军人忌讳儿女情长，随时都要扛枪上战场呢。我15岁那年，父亲第一次带我回老家。他在路上对我说，多年没回老家，很想亲人，看看他爹他娘，弟弟妹妹不能都带上，带上我就够了。那次经历让我感到长子的不同。

路上，火车很慢，按规定，他可以报销卧铺票，我得自费。那年月，没人会自费买卧铺票，不管多苦，忍一下就过去了，我和父亲就一张卧铺，他让我先睡，他在我身边凑合着。我15岁就长到成人的个儿，睡着了也不老实，加上当时旅途劳累，躺下就一觉睡到天亮，睁开眼时，看见父亲坐在铺边上，瞧样子就知他一宿没睡。

我有些内疚，父亲安慰我说，他小时候，他的祖父还每天背着他渡海去读书呢。

拔掉所有管子

父亲晚年不幸罹患癌症，72岁就去世了。父亲病重的日子，他曾把我单独叫到床前，告诉我，他不想治疗，每一分钟都特别难受，被癌细胞侵蚀的滋味，不仅仅是疼，难受得说不清道不明。他说："人总要走完一生，看着你们都成家了，我就放心了，再治疗下去，我也不会好起来，还会连累所有人。"

父亲经过战争，穿越枪林弹雨，幸存于世。他对我说过，曾有一发炮弹，落在他眼前的一位战友身上，战友牺牲了，他活着，如果他死了就不会有我。所以，每个人活在世间，说起来都是极偶然的事。

癌症最不客气，也没规律，赶上了就得认真对待。过得去这关就属命大，过不去也属正常。

父亲说："拔掉所有的管子吧，这是我的决定。"

我含泪咨询主治医生，治疗下去是否会有奇迹发生？

医生给我的答案是"没有"。

1998年12月9日晚上，在拔掉维持生命的输液管四天后，父亲与世长辞，留给我的是无尽的痛。

父亲的口吃，终生未获大的改观，但他最愿做的事就是教孩子们如何克服口吃。我年少的时候，常看见他耐心地向我口吃的同学传授经验。他说："口吃怕快，说话慢些，拖个长音就可解决。"一次，我看见他在一群孩子中间，手指灯泡认真地教学："灯——泡，开——关。"其乐融融。

父亲走了十几年，我什么时候想起他，什么时候怅然。很多时候，我还会梦见他。我一个人独坐窗前思念父亲，他的耿直、幽默、达观等等优秀品质均不具体，能想起又倍感亲切的却是父亲的毛病——口吃。倒是这时，痛苦的回忆让我哑然失笑。

（摘自《读者》2015年第7期）

北方有盛宴

吴惠子

　　小时候我信誓旦旦要吃遍全球，可眼下，走到北京，已经是我能从家里走出来的最远的距离。风风光光的北方盛宴，恐怕再使劲也推不到高潮了吧，因为生命里真正的高潮早就出现了。

　　直到11岁，我才吃到这辈子第一个汉堡包。

　　其实也不难想象，我出生的南方小县城，面积小，人口少。县城小到每年春节扫墓，都能在公墓大门口不费吹灰之力地碰到好几个同班同学。所以十一岁能吃上汉堡，在我们班已经相当时髦。

　　这要归功于我妈，她年轻的时候卖烟，天南海北基本都去过，那几年分管东北三省的业务，常驻北京办事处。我妈卖烟卖得风生水起，因为见多识广，所以一直走在时尚前沿，逛赛特，烫卷发，穿短裙，背名牌包。11岁那年，我刚刚开始发育，挑肥拣瘦，有的衣服开始不爱穿。我妈明察秋毫，看出了我臭美的苗头。有一回她出差回来，突然觉得我很土，便二话不说买了两张火车票，让我跟她去北京见见大世面。

火车北上，我妈说，女孩子应该多出去走走，眼界宽，气质自然就好了。她问我到了北京最想干吗，我冥思苦想，憋了半天，说："爬长城，吃汉堡。"

我妈惊愕，不可思议地看着我。她哪知道，爬长城和吃汉堡，已经是我对北京这座大都市所有想象力的极限。我妈也同样突破了自己的极限，意识到我比她想象中还要土一万倍，于是我们下了火车还没来得及放下行李，她就冲到麦当劳给我买了我这辈子第一个汉堡。

汉堡是胡椒味的，我怀着忐忑激动的新鲜劲儿，捧着软软的汉堡认真地咬了一口，又认真地咬了第二口。

崩溃！又黑又黏的胡椒酱，滋味奇怪，难以下咽。我抬头看看我妈，再看看周围，大家分明都吃得比我香。由于担心我妈再次嫌我土，我勇敢地把汉堡吃完了，心情非常复杂。

可谁知道这种被全世界背叛的感觉，竟接踵而至。

第一次喝到固体状的酸奶，第一次吃到从水里捞出来的不仅不带汤还要蘸醋的饺子，第一次发现这个世界上除了有尖椒肉丝还有甜甜腻腻的京酱肉丝，第一次端起撒了葱花和香菜的咸豆腐脑，第一次遇到放糖不放盐的西红柿炒鸡蛋，我狭隘的味觉突然就慌了，心里也慌了。

当我第一次涮北方的清汤火锅，发现锅底居然没有猪蹄和土鸡时，我不屑一顾，心想：这清澈见底的一锅水，也能算火锅？但是新鲜的羊肉放在铜锅里烫一烫，在芝麻酱里蜻蜓点水地一蘸，味道还真是绝了。

我妈带着我吃遍了北京，又一路北上，吃到沈阳、长春、哈尔滨，从中国人开的小馆子吃到俄罗斯人开的西餐厅，口味跨区域、跨民族，食材上天又入地。那个寒假，我的每顿饭都像盛宴。我鼓励自己在带着冰碴的生拌牛肉里振作，也纵容自己在晶莹剔透的锅包肉里沉沦，彻底明白了我妈为什么说我土。

我梳着两条麻花辫儿，穿着我妈在赛特给我买的羽绒背心，站在八达岭长城上，第一次和两名陌生的外国友人合影。我暗下决心，总有一天要横扫全球，吃遍天下所有的飞禽走兽。回家的火车上，我妈给我买了一包真空包装的卤鹌鹑，啃起来奇香。

我妈看着我，就像端详一件艺术品，她说我出去见了世面，马上就洋气多了。

我光顾着吃，一心恳求我妈以后每次出差坐火车，都要给我买两包卤鹌鹑。

我回味着北方才有的盛宴，胃口大开，正值青春期长身体，无肉不欢。初中毕业时，学校体检，班主任语重心长地提醒我注意身材，让我考虑减肥，我觉得他多管闲事，一笑而过。

中考后的那个暑假，我住的小县城终于开了一家叫"麦琪汉堡"的餐厅，生意奇好。我第一时间去吃了一回，香辣脆鸡堡的味道甩出胡椒汉堡好几条街。我看着餐厅里络绎不绝的人，盯着他们的嘴，捕捉他们吃这辈子第一个汉堡的表情，有种扬眉吐气的自豪感。我打包了一个汉堡给我外婆，让她也赶赶时髦，可她咬了一口，摆摆手说太难吃了，问我中间的菜为什么是生的，说外面的饼还不如烧饼。我偷笑，觉得外婆比我还土。

后来我妈因为工作变动，被调到了粤东，再次刷新了我对食物想象力的极限。我虽然天生好吃，从不挑食，也自认为见过世面，所以胆大包天，但广东人还是让我觉得自己太孤陋寡闻。有一回跟我妈去汕头，听到我妈的客户们说要吃猴子，我问了我妈三遍是不是动物园里的那种猴子，我妈说是。那一瞬间，我还是崩溃了，彻底忘掉了自己要吃遍飞禽走兽的誓言。我偷偷跟我妈说："你可别吃猴子。"我妈说："你放心，我不吃，吃了要遭报应。"

我长大了，胆子反倒小了，干锅野兔已经到了我敢吃的哺乳动物的极限。

高中学习压力大，食量也大。我妈跟单位申请，出差的时间缩减了一半，所以总能在家里给我做饭。她去过的地方多，做菜又有天赋，可将南北口味融会贯通。但凡她吃到好吃的，就会默默地把食材和味道记下来，遇到吃不明白的，还会跑到厨房去找师傅耐心请教，然后回家第一时间做给我吃。

我家虽然深居内陆小县城，但米缸里永远都是我妈从东北运回来的香喷喷的大米，饭桌上随时都能从平平淡淡的鄂西风味变成精致的粤式小炒。原本我妈是为了让我吃饱了好好读书，可是由于我妈做的饭实在太好吃，以至于我每天吃饱了就困，根本没办法好好上课。我经常因为中午吃得太饱，下午的数学课上大脑缺氧，听不懂老师在讲什么。晚自习下课后回家，我还要风卷残云，就着中午的剩饭剩菜饱餐一顿。有一回我一口气吃了半锅饭，我妈忍不住大发雷霆。

她说我成绩不好，饭都白吃了。

可是饭怎么会白吃呢！我胖了，真胖了。

高考前夕，当别人的妈妈都给自己孩子买各种补脑口服液的时候，我妈看电视购物，给我买了一种非常甜的进口减肥食品，我吃了半个月，一点效果都没有，抑制食欲对我来说就是胡扯。我妈只好勒令我每顿最多吃一碗饭，还不让我压得太实，并没收了我的全部零食。

但为时已晚。高中毕业,还是学校体检,身高一米六刚出头的我,再次称体重,我以为秤坏了。最后好话说尽,医生才勉强答应我在体检表上少写六斤,说那就凑个整数,一百二吧。我看着镜子里的姑娘,粗腿圆脸,虎背熊腰,一点也不好看。这才后知后觉,意识到高中这几年给我写情书的男生,欣赏的原来是我秀气的灵魂,而不是我的脸。

伤心之余,再想想自己以前总是以貌取人的行为,觉得十分肤浅。

那一阵儿,每当我端起碗,我妈就会问我:"你要吃,还是要美?"我就如鲠在喉,第一次隐隐约约觉察到,最接地气的价值观,其实就是我们在最艰难的时候作出的那个选择。

虽然胖是一种无法呼吸的痛,但是一想到没肉吃,我便更加心痛。思忖再三,我意识到自己的内心始终无法割舍年少记忆里的铜锅涮肉,觉得"人生得意须尽欢",便毅然决然离开小县城,到北京念大学。

北方虽有盛宴,但气候干燥。我因为水土不服,刚到北京的那一年,几乎每个月都去医院报到。发烧输液,体重直线下降,减肥效果强过任何减肥药。人一瘦,肆无忌惮,吃得更多,常常跟朋友三五成群,在大街小巷胡吃海喝。

可我们都是吃不了猴子的同类人,最大的出息,就是经常跨越半个北京,去西四北大街排队买煎饼,或是开着车从望京跑到南小街吃卤煮,夏天晚上的据点,通常都在对外经贸大学对面的车棚烧烤摊,冬天沿着东河沿,去南门涮肉、喝啤酒,清新脱俗。铜锅咕嘟咕嘟冒着泡,窗户上雾气蒙蒙,路上的车辆和行人影影绰绰,肉吃腻了,就来头糖蒜,大口吃肉,大口喝酒,吹牛不胖,又幸福又满足。

朋友笑我吃起肉来像个男人,成本太高不太好嫁人,问我如果一顿没肉还能不能吃下饭,我光是听就急了,说不能,绝对不能没肉吃。我外婆总说，人有多大胃，就吃多少饭，饭可以乱吃，话却不能乱讲，世事无常，任何事情都没有绝对。

外婆说得对。

我妈得了癌症，整整十八个月，我一口肉都没吃过，也照样把每顿饭都吃下去了。那时候病急乱投医，我束手无策跑到雍和宫跪了三个小时，发愿说只要我妈身体健康，我愿意吃素不杀生。我妈知道后气急败坏，说我书都白读了，太愚昧。

我妈问我："人如果不吃肉，身体还能好吗？女人不喝猪脚汤，皮肤还能好吗？如果吃素就能治病，还要医生干吗？"她一口气说了三个排比句，气势磅礴，听起来都很有道理。但是我固执，觉得说出去的话就是泼出去的水，我说我在雍和宫见佛就跪，跪一次就说一遍心愿，绝对不能食言。最后我妈还是没拗过我，接受了我不吃肉的决心。

我妈配合医生，积极治疗。我遵守诺言，不吃肉也不杀生，连家里过路的小蚂蚁也不碰。刚开始吃素很痛苦，因为没有动物脂肪，饿得很快，经常刚吃完饭马上就饿，半夜有时候还会饿得睡不着，人一下子变得很焦虑，瘦了好多。有一回我馋得不行，做梦吃饭，夹了一块蒜香排骨，结果又在梦里清楚地告诉自己不能吃，于是放进嘴里的排骨，又被我吐了出去。早晨饿醒后我坐在床上大哭一场，觉得没肉吃的日子真的好辛苦。那时候每天早晨路过包子铺，看到店里的人吃肉馅儿的小笼包，真的就会多瞄两眼，羡慕得一塌糊涂，觉得要是能进去吃上半屉，简直就是人生第二大梦想。

现在两个梦想都实现了。

首先，医生妙手回春，我妈的病彻底好了，她的精神甚至好过从前；其次，我在朋友和我妈的反复劝说下，终于开了荤。但因为太久不吃肉，第一口老鸭汤，确实感觉很腥。朋友带着我连吃了三天肉，可是真的也就新鲜了不到一个礼拜，我发现，肉也没有想象中那么好吃，有时候青菜煮面，似乎更爽口一点。

现在跟客户吃饭，山珍海味满满一桌，大家你来我往把酒言欢，但我的食欲却大不如从前，味同嚼蜡，经常走神。奇怪，这不就是我曾经心心念念的北方盛宴吗？高朋满座，热闹非凡，但盘子里的菜，味道怎么像是变了。

心口仿佛有一束光，沿着喉咙撞过来，把舌头上的麻辣鲜香都冲淡了。才明白，人最先变老的原来是味觉。"春风得意马蹄疾，一日看尽长安花"，天南海北的缤纷筵席，吃份儿新鲜，吃不出团圆。

小时候我信誓旦旦要吃遍全球，可眼下，走到北京，已经是我能从家里走出来的最远的距离。风风光光的北方盛宴，恐怕再使劲也推不到高潮了吧，因为生命里真正的高潮早就出现了：

我妈撸起袖子，在厨房三下五除二露一手——凉拌木耳、白灼芥蓝、丝瓜炒蛋、清蒸老虎斑，配一碗干贝白菜汤，添一碗喷香的白米饭。

四菜一汤，尽是滋味，千金不换。

（摘自《读者》2015年第8期）

传家之宝
秦嗣林

自从我开始频繁地参加电视节目录制之后，拜其高收视率所赐，许多观众纷纷找出珍藏的珠宝文物，希望我帮忙鉴定真伪。甚至还有人会不辞辛苦，亲自将宝物搬来店里，让我开开眼界。

可是万一运送过程中有些许闪失，这里磕破了或是那里撞断了，我可赔不起。因此，我总是建议热情的朋友们先寄照片来做初步鉴定，一来避免运送过程中出问题，二来节省彼此的时间。因此这一段日子以来，我见识过不少价值连城的珍品，也识破了一些出自江湖骗子的赝品。不过，由于观众来函太踊跃，我渐渐开始感到分身乏术，于是只好交代秘书，若是有这类的电话或来信，尽量帮我挡下。

有一天秘书告诉我："有一位92岁的梁老太太来电，希望你务必回电话给她。"我心想："我根本不认识什么梁老太太，她怎么会找我呢？"

所以并没有把这件事放在心上。

　　没想到梁老太太三天两头来电留言，让我觉得不大好意思，因此抽了空赶紧给她回电。电话一接通她便问："你是不是那位写过书的秦先生？我看过你的书，很好。"受到长辈的鼓励，我很开心地道谢，梁老太太接着说："有件事想麻烦你，我有几样小东西，想请你帮忙看一看。"苍老的声音带着上海口音，而且客气有礼，听得出来是一位读书人。

　　"行啊，您住在哪里呢？如果太远的话，可以先寄个照片来。"

　　"不远，就在台北天母。"

　　"没问题，您有空就来，我一定专程候教。"

　　才过了三四天，梁老太太就真的登门造访，她看起来精神抖擞，腰板也不塌，眼中更是透露着见多识广的气度。不过她不是单刀赴会，而是搭着小巴士，带了七八个儿孙一同来访。顿时，我一楼的营业厅挤满了人，一时不知道怎么接待，只好先跟梁老太太说："您稍等一下，我去二楼会议室准备准备。"说完赶紧上楼布置，一面搬椅子，一面在心里嘀咕："奇怪，不就是看个东西吗？怎么会全家总动员呢？"

　　好不容易一群人坐定，梁老太太依序介绍了儿子、女婿、孙子等晚辈，一阵寒暄之后，我对老太太有了比较深的认识：原来梁老太太出身上海纺织大亨之家，外公是清末洋务巨擘盛宣怀，与红顶商人胡雪岩齐名，算得上家世显赫，光是家中的仆人就有七八十位。可惜的是，内战爆发后，父母眼见政局不稳，便忍痛安排她搭船离开上海。临行之前，她母亲塞给她四样首饰，含着泪嘱咐她："一个人出门在外，自己多小心，万一没钱就把这些卖了，别委屈自己。"

　　"当时我不懂事，还跟妈妈说：'您放心，我很快就回来。'没想到这一去就是四五十年啊！"梁老太太的笑容中带着一丝遗憾。

"虽然我是一个人来台湾，但经过了几十个年头，现在整个家族已有20多个人，而这些孩子也都很争气，算是对得起我的父母亲了。不过，我年纪也大了，总得为子孙打算。那些房产、现金什么的都好处理，只是，当年我母亲给我的三块翠玉还有一颗钻石不好分配，总不能切成20块，让孩子们自己挑吧？若是我自己喊价，他们说不定嫌我吹牛。不过，我相信您的鉴赏能力，所以今天冒昧来拜访，希望借用您的长才，帮帮我的忙。"

梁老太太话才说完，所有的子孙便纷纷露出期待的眼神，我想了想说："既然您看得起我，我就试试看吧。"

梁老太太微笑着点点头，拿出了第一块翠玉，玉色晶莹剔透，雕成一只瓢瓜，上面有一只栩栩如生的螽斯，有点翠玉白菜的味道。我戴上放大镜一看，应该是产自缅甸老坑的翠玉。

我心中一凛，若是真的，这块翠玉可不是开玩笑的，我问："老太太，您有没有找人鉴定过呢？"

她笑着摆摆手说："唉，那是十几年前的事了，当时鉴定的人怎么说我也记不清楚了。"

我不敢大意，赶紧将翠玉搁上鉴定仪器仔细研究，从玉质判断，这绝对是天然翠玉，沉吟一会儿后，我正色道："梁老太太，这块翠玉值600万。"

此时，在一旁的子孙纷纷跟着发出一阵惊呼，反倒是梁老太太不慌不忙地叫其中一位孙子拿出手机照相，并拿出一张纸写上"秦老板说值600万"等字样，口中还忍不住叨念着："你们看，上次我说这块玉值几百万，你们没一个人相信，现在信了吧？"

接着，她又拿出一个破旧的锦囊，上头缝的线早已褪色断裂，里头装着一个用一条黑绳拴住的玉坠。我问："老太太，这个荷包的绣线都断了，为什么不换个新的呢？"

"唉，我还真舍不得换，这可是我母亲亲手缝的。每次我想念她，便要拿出来把玩。"她小心地将坠子递给我，造型是简单的五仁四季豆，玉质还带一点玻璃种，朴实却不失细致。我瞧了瞧，出价450万。

其中一位女婿听了忍不住质问："老板，你没看错吧？这不到10厘米的小玩意儿值450万？"

"听你这么一说，我还是谨慎一点比较好。"于是我再次将坠子送上仪器鉴定，确认真的值450万。

接下来，老太太拿出一个玉镯，镯身斑驳，看得出来历史悠久，我端详了一番，觉得质地不错，只是不及前两样那么好。不过，玉镯的镯围较大，与梁老太太消瘦的身形不符，于是我又问："老太太，这只镯子有些年岁了，不过您这么瘦，这镯子您能戴吗？"

"你好眼力，这只玉镯原本是我母亲的，她比较富态，当初我上船之前，她在码头边拔下来塞给我的，算是家传的首饰，不过，我也不知道是从哪一代开始传下来的。"我说："依我的判断，大概值50万。"老太太听了，照样写下价格，然后让孙子拍照记录。

最后一样是一颗两克拉半的钻石坠子，亮度略暗，上缘有副挂钩，表示原先应该是搭着一条项链才是，于是我问："老太太，这一件是不是还有一条链子呢？"

"没错，这个坠子和一条项链原是一副，逃难的时候我把两个分开藏好，没想到东塞西塞竟把项链搞丢了。"

"哈哈，这个坠子还不赖，不过当时是老式车工处理，所以亮度比较弱，若是您愿意拿去用新式车工再打磨一回，虽然略损失些重量，但光芒会变得更漂亮。我想，这个坠子值70万。"

怎知这回老太太听了眉头一皱说："秦老板，这一件你可算得太便宜了。当时我妈妈可是用上海最繁华的霞飞路上的一个店面，才换来这条钻石项链啊。难道一个店面只值70万？"

我笑着说："我跟您说个故事，当年全台湾第一辆宝马摩托车，是雾峰林家卖了5亩地之后买来的，这是距今才几十年的事。可是，现在买同样一辆重型摩托车的钱，在台北市还买不到7平方米的房子。自古以来，美人和珠宝都是无价之宝，能让人开心最重要。"梁老太太听完我的比喻，这才释怀。

总的来看，这四件珠宝价值超过千万，而在一旁的晚辈们仍觉得不可思议，其中一位孙女甚至说："过去奶奶总说这些首饰很值钱，我们都以为她糊涂了乱吹牛，没想到居然是真的。"梁老太太直说感谢，表示会回去考虑考虑，一家人热热闹闹地下楼，搭上小巴士走了。

过了一个礼拜，梁老太太再次登门造访，这一回的阵仗不像上次那么浩大，只有一位儿媳妇相伴。梁老太太对我说："秦老板，我回家考虑了很久……"我一开始以为老太太还有其他的东西要让我鉴定，没想到她却接着说："我决定把这四样首饰都卖给你。"

我听了一愣，忍不住问："您怎么想要卖呢？"

"虽然这些东西都算得上传家之宝，但我的儿孙里，识货的人不多，留在身边只会落得曲高和寡。如果换成钱，内孙外孙不分大小一起平分，才不会起争执。"

我摇摇头说："这样我可为难了，当初我开价是依照自己的经验，但是市场上的价格高低可说不准。您这样卖给我，万一子孙认为我出的价钱太低，一口咬定我是奸商，我可担不起；而万一出高了，我也会赔钱。"

梁老太太拍拍我的手说："你放心，过去曾有其他珠宝店要我寄卖，我都不放心。但是，我相信你的判断。"

我不好意思违背老人家的请托，沉吟了一会儿说："这么办吧，这四样首饰当在我这里，我帮您分别开好四张当票。回去之后，您先把钱分给子孙，如果哪一个晚辈觉得这些东西值得收藏，还可以再拿当票来赎。这不就皆大欢喜了吗？"

梁老太太听了我的主意点头称是，开心地说："你考虑得真周到，行，就这么办。"不多时，我开好当票，连同现金交给她和儿媳妇。

我以为事情已经告一段落，没想到不到一个礼拜时间，梁老太太的两个晚辈却带着三张当票与大笔的现金上门了。除了那只斑驳的镯子，其他三样通通赎回去了。

他们在临走前还不忘解释："这些都是对我们家族有意义的宝物，流落在外太可惜了。"

我听了点头称是："没错，你们这么有孝心，梁老太太知道了一定很高兴。"

表面上我称赞的是这两位有心的晚辈，实际上我是对梁老太太缜密的心思佩服得五体投地。几十年来，她的儿孙不把这四样首饰当回事，但经过她大张旗鼓地找我鉴定与典当后，这些首饰在后辈心目中的价值硬是翻了好几倍。与其送给子孙却被他们当成垃圾，不如让他们主动赎回当宝贝才是。

而且，说不定这两位儿孙的心里还盘算着：当初秦老板断言四样宝贝值1000万，说不定拿到市场上可以喊到1500万，我们可不能让外人占便宜。当然，也或许他们真的觉得传家宝不能外流，因而特地来赎回。无论是哪一个动机，都是难能可贵的。

小小的举动，梁老太太不仅轻松地解决了财产分配问题，还让跟着自己一辈子的宝物都留了下来。后来她还特地来电道谢，我说："我也要谢谢您帮我介绍生意，更要恭喜您衣钵有传。"其实，我更感谢的是她用92年的人生智慧给我上了一课，我心想着，几十年后若是我遇上相同的状况，我也要照此法办理。

（摘自《读者》2015年第9期）

父亲的心肝

张国立

朋友浩子是台湾的资深媒体人，当过报社记者、电视台新闻部总监，如今在搞我迄今仍没搞懂的新媒体。我俩都有气喘的毛病，曾经一起拿出喷剂交流品牌。

去年年底，参加朋友女儿的婚礼时遇到浩子，他气色很差，经多方打听，加上对浩子的威胁恐吓，他终于说出实话，肝有点问题。经过两家医院的诊断，他先休养了一阵子，接着得接受换肝手术。

换肝？我有两个朋友换过肝，过程的痛苦不是旁人能想象的。而且，肝源从哪儿来？在台湾几乎不可能等得到肝。朋友们提了很多建议，甚至问浩子经济状况如何，能否挺得住。

浩子那阵子心情很苦闷，一度肝昏迷被送进医院急救，接着他的哥哥也因家族遗传，患肝癌过世。他打起精神帮着料理老哥的丧事，再默默面对自己的病情。

我忍不住又问:"浩子,有肝可换吗?"

浩子换肝和其他人不同,他不愁没肝,愁的是要不要接受。

浩子有两个女儿,与他感情很好,老大今年大学毕业,小女儿上大二了。看来单亲老爸很受女儿的宠爱。手术前我去他家探病,两个女儿对父亲要动手术,已做好准备,把老爹服侍得仿佛身处人间天堂。然后我又问了肝从何处来的敏感问题,浩子才缓缓地说:"女儿捐的。"

不是一个女儿要捐,两个都要捐。

但医生说,得花点功夫做检验,看哪个女儿的肝适合他。小女儿对捐肝给老爸的事,非常坦然,可是也不讳言,她从小怕痛,连打针都怕,不过她还是要捐。

医院的检验结果出来了,小女儿的肝比较适合。大女儿私下跑去医院向医生请求:能不能用她的,因为她妹怕痛。用哪个女儿的肝,当然是医生说了算。

要动手术了,父女一同住院,一切顺利。浩子上周搬出加护病房,每天能说说笑笑到院子里去晒太阳了。

女儿是父亲永远的心肝,突然发现父亲更是女儿的心肝。勇敢的女儿向老爸证明:我们爱你,不能没有你。

至此,谈什么孝顺、家庭和睦,都显得俗气。

感情是种很微妙的东西,它不声不响地把人缠到一块儿,等到醒来,早已缠得难舍难分,便没什么好说的,躺在其中享受。这世界上还有什么比身体内有女儿的肝更暖心的事呢?又有什么比把自己的肝植入老爸体内,更让人安心的呢?

亲情是种依靠,孩子在外面遇到多大的挫折,回到家都有父母的庇护。

风狂雨骤，没我家的墙厚瓦实。

  我爱喝酒，不过最近每拿起酒瓶就放下，想到浩子父女，不论多好的酒也没他们的亲情来劲。好，没酒，就流点泪净化我的灵魂。恰好女儿来电话，问我最近在忙什么，我说了浩子的事，女儿沉默了几秒才回答："老爹，我也会捐肝给你，可是你能不能好好照顾自己，少抽点烟、少喝点酒？"

  我摸摸肚皮，肝到底在哪个方位？我对肝说："肝啊，你给我好好争气。"望着山下一栋栋楼，这么晚，许多人家仍亮着灯，那星星点点的暖意透过窗，飘进一溜银河的星斗。

  世界多么美好，为了庆祝浩子离开加护病房，我该喝杯酒，还是不喝酒了，上床睡个安稳觉吧。我想通了，孝顺是个名词，亲情才是动词。

（摘自《读者》2015年第18期）

父亲南怀瑾

南一鹏

父亲一生都在忙碌。他不是废寝忘食般不顾自己的身体健康，相反，他有一套特定的用餐时间和习惯，而且多年以来一贯如此。父亲在大学堂时依然和从前一样，每天都不吃早餐，午餐只吃少许自家厨房炒的、略放些盐的花生米。每天晚上七点半则是父亲的"人民公社"几乎固定不变的用餐时间。其实，他真正吃的就只有这一餐。每到用餐的时候，宾客们就会自觉来到餐厅。会客的餐桌大，座位多，不用催促，也不必等待，客人来晚了加把凳子就可以了。父亲的客人很多，经常有从世界各地回来探望他的学生，所以，父亲的餐桌上总是宾朋满座。父亲当年在台湾就已经开起了"人民公社"餐桌，到华盛顿、香港也都是如此，现在把它搬到了太湖畔，用餐人数还是那么多，氛围还是那么轻松愉悦。

在香港，父亲因地制宜，考虑周详，为大家准备了两个圆形餐桌。圆桌上杯盘齐整，荤素搭配合理。桌子周围坐的都是来自世界各地的客人。父亲主要是吃素，但并不要求客人也吃素，相反，他非常尊重别人的选择。荤素自由选择，大家自由自在，不会因为吃饭问题产生不必要的尴尬。两个桌子有时都不够，身边的学生和香港本地的学生，就会看情况让出主桌位置，这样的生活就像一个大家庭一样。

在香港的时候，一般出家人都不会和大家共食，但到了吴江，因为餐厅大，出家人就可以与众人同厅用餐，只是他们从来不上父亲的主桌，依旧保持出家和在家的分际。平时用餐，都是采取自助形式，菜色也偏素食，只有晚餐会保持盘菜形式，而且因为父亲饮食口味偏重，故而常常是四川厨师主厨。父亲招待客人的餐桌上，菜肴丰盛，加起来有十几种，但是他总是只挑几样稍微品尝一下，他主要还是吃主食——两碗红薯小米粥。学生和朋友从各地带来的地方特色小菜，他也会少量尝几口。父亲用餐量少，但是他会不停地招呼大家添菜加饭，唯恐大家因拘束而没有吃饱。晚餐时间大约四十分钟，大家边吃边谈，偶有客人晚到，可以随时加入进来。大家吃得满意，父亲就会显得很高兴，如果有谁没有吃好，父亲就会视为己过，颇为自责。不过，一般情况下，在这种轻松热闹的环境中，大家都吃得很好。

太湖大学堂的晚餐基本上都是下午六点开始。父亲非常准时，不喜欢任何人迟到，除非是远道而来的客人。在直通七都镇的高速公路修好之前，去大学堂是一件苦差事——驾驶员不熟悉路就很容易在农村的乡间小道中迷路。我那时去太湖大学堂都依赖别人开车，靠他人指路，好几次带朋友去探望父亲时，外地的司机总是迷路，本地的友人也对那些曲折交错的小路不熟，所以我带朋友去几乎都会迟到，而父亲总是在等我们，每次我的心里都既难过又感动。父亲总是让我坐他右手边的座位，在桌上也一定会向来宾介绍我。有趣的是，没有人看得懂我们父子间的互动，我也自然是保持微笑缄默的时候居多。

在饭桌上，大家除了向父亲请教一些问题外，还经常天南地北地聊一些轻松的闲话。有一次，大家说到了"英雄"这个话题，在座之人有不少血气方刚的盛年男子，讨论得自然热烈了些。父亲也为这种气氛所感染，加入了讨论的行列："我为什么不想当英雄呢？那是因为我看了川剧之后才明白了什么叫英雄。"于是父亲顺势便谈起了川剧，还即兴用一口"川腔"唱起了七十余年前他在四川时听过的川剧段子。

父亲说，川剧充分体现了四川人的风趣幽默和他们的人生观。接着他便讲起了一次看戏的经历。那次演的是山大王。第一个山大王刚一登场亮相，便唱了一段开场白：

独坐深山闷悠悠，

两眼盯着帽儿头。

若要孤家愁眉展，

除非是——

唱到这里，父亲微微一顿，随即又眉飞色舞地接道："除非是——豆花拌酱油。"然后他解释说"帽儿头"是指一碗盛得冒尖的白米饭，接着又说："怎么才能让我愁眉展，只需一碗豆花拌酱油就行了。"

接下来第二位山大王出场了，脸谱勾得甚是威风。父亲学着他的腔调唱了起来：

小子的力量大如天，

纸糊的灯笼打得穿。

开箱的豆腐打得烂，

打不烂的——

父亲又卖了个关子："打不烂的是什么呢？你们可能猜不到。"随即父亲猛然起身，双手握拳，右拳举过头顶，左拳横于胸前，很入戏地唱道："打不烂的——除非是豆腐干。"唱到这里，他又是一阵大笑："我算是悟到了四川人的幽默哲学观，古往今来的英雄豪杰，虽称帝称王，但他原始的人生意义，还是为了吃饭，所以伟大的本领和成就，不过是'纸糊的灯笼打得穿'而已。"想来父亲一生对于名利的云淡风轻，定然也是受了四川人这种怡然自得的闲散之趣的影响吧！

饭后，工作人员撤去菜肴盘盏，摆上各色水果、点心和糖果，再给每个人倒上一杯热气腾腾的红茶，这就开始进入餐后的茶叙时间了。对许多人来说，晚餐意味着一天的结束，但是对父亲而言，晚餐结束正标志着他忙碌一天的开始。

大家松散地围坐在圆桌旁边，边喝茶，边谈论世界各地的新闻和趣闻，气氛轻松愉悦。如果有新到的客人，父亲一般会请他们讲讲当地的风俗人情。父亲从来都不是正襟危坐、不苟言笑的专家型学者，相反，他十分随和，而且随时愿意当任何人的忠实听众。在大家纷纷谈论当天或异地新鲜事的时候，父亲就会点燃一根香烟，慢慢吸着，面带微笑地倾听客人侃侃而谈，有时会冷不丁地插两句话，逗得在座的客人哈哈大笑。父亲也会放声大笑，他的笑声十分爽朗，极富感染力，餐厅的每一个角落都充溢着笑声，气氛温馨而祥和。茶叙时间大家聊的多是些奇闻趣事，但是绝大部分访客是不会满足于此的。他们从世界各地来到这里，为的是听父亲讲授禅宗或者他传奇的人生经历。如果父亲愿意讲课，那么茶叙往往会在九点之后就结束。当然也有不讲课的时候，茶叙便会持续到十点半左右。一般来这里就餐和听课的人都知道父亲的这一习惯，所以，每到此时，客人们就会陆续告辞。送走客人，父亲便开始工作、学习和写作。

夜深人静的时候，绝大多数人都已进入梦乡，对父亲来说，却正是忙碌的时候。处理完一天积攒的信件之后，他便开始读书，直至黎明，常常一夜就读完几本书。父亲珍藏了几十万册古今中外的图书，但是他求知若渴，常常苦于无书可读。于是他身边的工作人员常去书店买些新书，或者从各种报刊上剪下一些科技新知识和各类资讯，送给父亲阅读。因为知道父亲爱书，所以来访的客人也会带些自己的新作或最近出版的著作送给他。这是父亲顶喜欢的礼物，他几乎都会照单全收。

每天早上七点左右，父亲才放下手头的工作，打坐休息。在日常生活中，父亲很少以睡眠的方式进行休息。中午十二点前后，父亲休息结束，之后又忙于各项事务，直到下午六点左右，才又回到自己的会客厅，与来自各地的客人见面。日复一日，年复一年，周而复始，忙而不乱。

有一次晚餐，有几位客人是父亲的老朋友。用餐时，父亲不停地调侃老友，逗得大家哈哈大笑。餐桌上一个喜欢佛学的朋友对父亲非常尊重，开口便说："您是一代宗师……"父亲不等他往下说，就笑道："什么一代宗师，是一代终死。"父亲说话带有浓重的温州口音，在场的很多朋友并没有理解他的意思，于是他又一字一顿地说："是终将的终，死亡的死，哈哈，还不明白，吃茶去！"

父亲一生所为，没有因为地点、年纪、生活环境而有所不同。他习惯每夜静坐、看书，每日接待、应对，都是用时无心，无心正用。

最近一再听到有人说父亲一生辛苦，我觉得有必要解释一下。对于那些凡事都依财物来衡量生活的人而言，他们活得战战兢兢，不但看自己是用钱来衡量，看所有人也都是如此，于是，就算有好机会、好缘分也看不出来，终将会漏失。孔门七十二贤，属颜回最贤。其贤处就是"一箪食，一瓢饮，在陋巷，人不堪其忧，回也不改其乐"。何苦之有？父亲亦如是！父亲万缘放下，哪里还会有辛苦可言？每次去探望父亲时，晚上用餐，我都坐在父亲右手边。每当听到有人说父亲辛苦，我都会转头看看父亲，他的那一抹微笑，岂有知音可解！

（摘自《读者》2015年第24期）

父亲张伯驹

张传彩

他是"民国四公子"之一，却少有纨绔之气；他曾投身军界，却因政局黑暗而回归文人之身；他被母亲视作十足的"败家子"，却被同人誉为"当代文化高原上的一座峻峰"；他把毕生心血倾注于保护中华文明、中国艺术之中，却在动乱年代被屡屡错待。

决然脱下军装

父亲原名家骐，号丛碧，别号游春主人、好好先生等，河南项城人，出生于贵胄豪富之家。

我爷爷张镇芳乃袁世凯兄嫂之弟，爷爷的姐姐嫁给了袁世凯的哥哥袁世昌，因为爷爷在家中排行老五，袁世凯的子女称我爷爷为"五舅"。

父亲青年时，国内革命浪潮汹涌澎湃。

1913年，袁世凯任中华民国大总统。爷爷张镇芳升任河南都督。第二年，袁世凯作出一项重大举措——创立培养军官的陆军混成模范团。

父亲那年刚16岁，不符合模范团的选材标准，但在爷爷的安排下，他破格进入了模范团的骑科，并由此进入军界，曾在曹锟、吴佩孚、张作霖部任提调参议等职（皆名誉职）。

此后袁世凯称帝、张勋复辟，接着军阀混战，政坛风云变幻。父亲眼见政治黑暗，又目睹爷爷的官场沉浮，叹道："内战军人，殊非光荣！"便决然脱下军装。

奶奶眼里十足的"败家子"

父亲退出军界，回到家里，奶奶十分不满，絮絮叨叨地骂他没出息，要他进入金融界。父亲一度十分困惑、苦闷，终日无言。那时他唯一的乐趣就是读书，他读《老子》《墨子》，兴味十足。

1927年，父亲正值而立之际。一次，他去爷爷任职的北京西河沿的盐业银行，半途拐到了琉璃厂，在出售古玩字画的小摊旁边溜达。一件康熙皇帝的御笔书法作品引起了他的注意，只见上面的四个大字"丛碧山房"写得结构严谨、气势恢宏。虽然此时父亲对收藏尚未入门，但由于旧学根底深厚，眼力已然不俗。他没费思量就以1000块大洋将其买了下来。回去后，父亲愈看愈爱，遂将自己的表字改为"丛碧"，并把弓弦胡同的宅院命名为"丛碧山房"。这是他收藏生涯的开始。从此，父亲为了收藏文物，大把地花钱。

父亲说过："我30岁开始学书法，30岁开始学诗词，30岁开始收藏名家书画，31岁开始学京剧。"他从少年时代起就喜欢京剧艺术，那时他正式拜余叔岩学戏，彩唱过《二进宫》《空城计》《八大锤》三出戏，成为余派艺术传承的重要人物。

爷爷去世后，在奶奶的苦苦相劝和严厉责骂下，父亲无奈答应子承父业，出任盐业银行的董事兼总稽核之职，但父亲对银行的事从来不闻不问。从此，父亲有了"怪爷"的绰号。他一不认官，二不认钱，独爱诗词、书画、戏曲。在奶奶眼里，他是十足的"败家子"，不可能使家业中兴。

宁死也要保住藏品

抗日战争爆发后，父亲为使银行不致落在和汉奸有勾结的李祖莱手中，加上他多年收藏的大部分精品都放在银行，所以只好勉为其难，以总稽核的身份，兼任盐业银行上海分行经理，前去主持行务。

父亲每周去一趟上海。1941年的一次上海之行，让父亲陷入险境。

一天早晨，父亲去银行上班，刚走到弄堂口，迎面冲来一伙匪徒，把他抓住塞进汽车，迅速离去。母亲不知如何是好，只好跑到孙曜东（上海滩的玩家子，与父亲换过帖的把兄弟）家，见到孙曜东就跪下，请他救救父亲。孙曜东分析了一番，想想父亲在上海没什么仇人，只有盐业银行的李祖莱有动机，因为父亲挡了他的升迁之路。

第二天，母亲接到绑匪的电话，说是要200根金条，否则就撕票。这下子母亲更急了。后经孙曜东打听，此事果然是李祖莱幕后策划，由"七十六号"特务组织干的。

经孙曜东的一番活动，绑匪开始和母亲谈判。

谈判过程中，绑匪说父亲绝食多日，已昏迷不醒，请母亲去见一面。

母亲见到父亲时，他已经有气无力、憔悴不堪。母亲唏嘘不止，可是父亲却置生死于度外，悄悄关照母亲说："你怎么样救我都不要紧，甚至于你救不了我，都不要紧，但是我们收藏的那些精品，你必须给我保护好，别为了赎我而卖掉，那样我宁死也不出去。"

父亲被绑了8个月，最后，绑匪给母亲传话："7天之内若拿不出40根金条，做好收尸准备。"

没多久，经孙曜东努力调停，父亲终于安全地回到家中，而他不愿卖画赎身，视书画如生命的事情很快传开了，几家报纸也刊登了这个消息。父亲怕树大招风，便于当年年底离开上海这块是非之地，取道南京、河南，来到西安。为谋生计，父亲在西安创办"秦陇实业公司"，自任经理。

小时候，我对父亲和母亲一次次往返于北京和西安之间，不甚理解，长大后才知道，那时候北京已经沦陷。父母为了不让《平复帖》那样的国宝级字画出任何意外，将它们偷偷缝在被子里，一路担惊受怕地带出北京，来到西安。

直到日本投降，他们才重回北京安定下来。

为劝说傅作义，忍痛割爱送蜡梅

北平解放前夕，国民党企图将一切有地位、有影响、有才学的人都拉到台湾，自然也打起了父亲的主意，他们不时派人到家里游说，都被父亲断然拒绝。此时的北平城内，已经可以听到解放军的炮声，父亲坐卧不宁，他不只是担心个人的安危，更为千年古都随处可见的文物而忧虑。

他遂以昔日闻名的贵公子、文物鉴藏家等特殊身份，多方活动，积极促进北平的和平解放。

当时民盟成员不时在我家开会，讨论如何能使北平免于战火劫难。父亲与西北军人素有渊源，身为西北军人的傅作义将军也知道父亲是个正直的文人，很是敬佩他。于是，民盟的盟友就撺掇父亲去劝傅将军，千万不能开战。父亲与邓宝珊将军和侯少自将军（傅作义的高级顾问）一直是好朋友，他们仨曾在不同的场合，多次劝说傅作义将军勿起干戈，以保护北平的百姓和文物、古建筑。为了劝说傅作义，父亲还忍痛割爱，将家里两盆最大的蜡梅送到了傅府。

一方面国共谈判在反复进行着，一方面朋友也在劝说着。傅作义权衡考量了一番之后，最后下决心走和平解放的道路。

北平和平解放了，父亲是有功的，可是，父亲极少与家人谈及此事。有老友劝他向政府要官，他淡淡地说："我还是画我的画，我不要官，也不要钱。"

被打成"右派"

1949年以后，父亲收藏文物的热情丝毫未减。但是，此时的文物市场却发生了翻天覆地的变化，光是有钱还远远不够，地位和权势扮演了更为重要的角色。

一次，父亲看上了一幅古画，出手人要价不菲。而此时的父亲，已不是彼时的"张公子"。他不供职于任何一个政府部门，而所担任的北京棋艺社理事、北京中国画研究会理事、中国民主同盟总部文教委员等职务，无权无钱，皆为虚职。想到现实的经济状况和未来持久的生活之需，母亲有些犹豫。父亲见母亲没答应，先说了两句，接着索性躺倒在地，任母亲怎么拉，怎么哄，也不起来。最后，母亲不得不允诺，拿出一件首饰换钱买画，父亲这才翻身爬起。

1956年，我们全家迁到后海南沿的一个小院落，这是父亲最后的一点不动产。

这一年，父母将30年所收藏的珍品，包括陆机的《平复帖》、杜牧的《张好好诗》、范仲淹的《道服赞》以及黄庭坚的《诸上座帖》等8幅书法，无偿捐给了国家。这8件作品件件都是宋元以前的书画，至今仍是故宫博物院最顶尖的国宝。

国家给了他3万元奖金，父亲坚持不收，说是无偿捐献，不能拿钱，怕沾上"卖画"之嫌。

后经郑振铎一再劝说，告诉他这不是卖画款，只是对他这种行为的一种奖励，父亲才把钱收了下来，并拿去买了公债。

万万想不到的是，父亲捐献国宝不到一年，一顶"右派分子"的帽子就戴在了他的头上。

"文化大革命"开始后，父亲又将三国时魏国敦煌太守仓慈写经、元明清诸家绘画等多件文物上交国家，他以这样的行动证明自己对国家的挚爱。

此时的父亲和母亲尽管白天接受批判，晚上仍填词、作画。父亲这时最喜欢画蜡梅。母亲也由画大幅山水改画小幅花卉。母亲作画，父亲题诗，两人配合默契，相得益彰。后来，他们把这些画装订成一本花卉画册，可惜，在被抄家时散失了。他们为此伤心不已。

1978年，戴在父亲头上的"现行反革命"的"铁冠"终于被彻底摘了下来。他很庆幸，自己活了过来。

父亲说："国家大，人多，个人受点委屈也在所难免，算不了什么，自己看古画也有过差错，为什么不许别人错送我一顶帽子呢……我只盼望祖国真正富强起来……"

（摘自《读者》2016年第6期）

晓　雾

张充和

15年前的一个晚上，偶然因兵乱同母亲相聚了；又在那一年秋天的一个早晨，我又必然地要离开母亲。她同我坐一辆洋车到车站。两个月的相聚，已很相熟了。记得那日到苏州时，别人告诉我："你快见到你妈妈了。"一个从小就离开母亲的孩子，已经不大记得清母亲是怎样一个人了。只听见别人一路上提到妈妈长，妈妈短。明知妈妈是个爱孩子的妈妈，但不知会不会和妈妈马上熟悉起来，因为我实在对她不了解，比见到一个陌生的客人还陌生。我还难为情，就因为她是妈妈，所以才更觉得难为情。

见面时，她并不像别的母亲一样把孩子抱起来吻一下。这时我倒不紧张了，站在她面前像个小傻瓜。她将覆在我额前的头发轻轻地理着、摸着，目不转睛地看着我，似乎想在我的脸上、我浑身上下，找出她亲生孩子的记号。她淡淡地问长问短，问我认过多少字，读过多少书，我像回答一位客人的问话似的回答她。晚饭上了桌,她把各样菜分在一只小碟子里让我吃,我最喜欢吃青豆烧童鸡。

此后,每天的饭桌上,我面前总是放着一碟青豆烧童鸡,带我的老妈妈不明白,说:"厨房里天天有红烧鸡,真奇怪!"

"还不是你家小姐喜欢吃,是我招呼的。"母亲笑着说。

过中秋节,我所得到的果品同玩意儿都和众弟弟一样。当我午睡醒来时闻到一阵阵香味,睁开眼四处一看,见床前的茶几上有那么一个小小的绿色花瓶,瓶中插着两枝桂花,那是我比他们多得的一样中秋礼物。

九月的天气,一早赶七点的西行火车,母亲同我乘坐一辆洋车,我坐在她身上,已不像初见时那么难为情了。她用两手拦住,怕我掉下去。一路上向我嘱咐千百句好话,叫我用心念书,别叫祖母生气。

平门内一带全是荒地,太阳深深地躲藏在雾中不出来,树林只剩下一些树梢,浮在浓雾的上面,前后左右都是白茫茫的一片。我覆在额前的头发被雾打湿了,结了许多小露珠,从脸上滚落下来。母亲用手帕为我拭干,同时自己也拭了拭。

我上了火车,她仍在月台上看我。我坐在车椅上,头顶不到窗子,她踮着脚看我,泪水在眼里打转,却没有哭出来。

在晨雾中,我们互相看不见了。不知是雾埋葬了我,还是埋葬了她。

(摘自《读者》2016年第6期)

父亲给我的三封信

汤一介

"父亲给我的三封信"早已不存在了,可是在我的记忆中它们是永远存在的。

1943年夏,我由昆明去重庆南开中学读书,1945年1月我又回到昆明,这中间大约有一年半的时间我没有和父亲生活在一起,就是在这一年半中,父亲给我写了三封信,只有三封。

在谈这三封信之前,要交代一下我为什么要到重庆南开中学念书。1941年夏,我进入西南联大附中,1943年我读初二,我和几个同学对当时童子军教官的专制作风很不满意,加之我们偷偷读了斯诺的《西行漫记》,对陕北颇为向往。于是我们五个人:我、余绳荪、游宝谟、曾宪洛、胡旭东,决定去延安看看。我们没有路费,就分别偷了家里的金子,卖了作为路费。我们由昆明先到贵阳,准备由贵阳去重庆,再去西安,由西安去延安。到贵阳后，我们住在一家小旅馆里，吃过晚饭，刚准备睡觉，忽然来了几个大汉，说要我们到贵阳警备司令部去一趟。到那儿后，他们就把我们几个人关在警备司令部侦缉队内的小房间里。这就是说，我们被捕了。特别让我们担心的是，我们还带了一本《西行漫记》，因而可能会有很大的麻烦。不记得是谁忽然发现，屋子的地板有缝，于是把书撕了，一张一张由地板缝塞了下去。我们又共同编了一套谎话，说我们要去重庆念书，并且各自还找到一两位在重庆的亲友作为护身符。第二天，警备司令部的参谋长找我们一个一个谈话，警告我们不要听信什么谣言，对带领我们的余绳荪还加以恐吓说："不要以为不会把你枪毙。"我们几个一口咬定，都说要到重庆念书。没有问出我们什么来，他们就把我们关在侦缉队旁边那间小房子里。关了大约一周，西南联大附中派教务长来接我们回昆明。警备司令部还派了人随同押送。

回到昆明，父亲并没有责骂我，反而把我们几个出走的孩子的家长给西南联大附中校长黄钰生的信给我看，信中对西南联大附中的教育进行了批评。这样我们都不愿再回附中读书了。正好我有一个堂姐在重庆南开中学教书，于是我就决定去南开中学了。那时，由昆明去重庆的机票非常难买，给我这样一个15岁的孩子买机票更是难上加难，我父亲带着我跑了好几趟航空公司也无结果。这时我真有点心疼我父亲。父亲由于撰写《汉魏两晋南北朝佛教史》，自1931年至1937年几乎每晚到一两点才睡觉，这对他的身体有很大影响，他不仅患有高血压，心脏也很不好。后来实在无法，父亲只得去找毛子水教授帮忙，因为据说毛先生曾是军统头子戴笠的老师。这样我才得到了一张去重庆的机票。我在重庆南开中学读了一年半，于1945年1月又回到昆明。这期间父亲一共只给我写了三封信，而母亲给我的信更多一些。

以前我从来没有离开过家,不知道生活的艰难,特别是在抗战时期,生活更加艰难。在南开中学,所有的学生都住校,吃集体伙食,菜很少,我们吃完第一碗饭,菜就没有了。有些同学家在重庆,往往带点私菜,或者带点加盐的猪油来拌饭吃,而我则没有这种可能。因此,我就写了封信给父亲抱怨生活太苦。父亲给我回了一封信,他说,抗战期间大家生活都苦,不应该对此有什么抱怨。他还说,他在清华读书时,由于祖母不给他车费,每星期六回家要走几十里路,也并没有抱怨。他还把杜甫的《茅屋为秋风所破歌》抄给我,并且说:前方战士流血牺牲,这样你才能在后方读书。一个有理想、有抱负的人应该多想想比你更困难的人,要像杜甫那样,在艰难的生活中,想到的仍然是"大庇天下寒士"。父亲的信虽是这样写的,但他同时又多寄了一点钱给我堂姐,让她买点猪油给我拌饭。后来我知道,我们家当时正处于困难时期,父亲的薪水本来就不够用,加上我妹妹患了肾炎,治病要花不少钱,而我母亲由北平带到昆明的衣物和首饰渐渐都卖光了。父亲的信和他的所作所为,对我一生都有着深刻的影响。每当我想起他的这封信和他让堂姐给我买猪油,我都不能平静,感谢父亲对我的爱和关怀。我比起父亲来在学术上没有他那么大的成就,但我不敢苟且偷安,总是希望能对得起他,做一点有益于社会的事。

我在重庆南开中学读书期间,我的大妹汤一平患肾炎不治而离开了人世,她那时只有14岁。起初,我父母都没告诉我,我是后来从我堂姐那里知道这个消息的。大妹是我父亲最喜欢的孩子,她和我只相差一岁半,感情也最好,在我写的《生死》里记述了大妹的死。当我知道了大妹病死后,写了一封信给我父母,述说我的哀恸,并问"死"究竟是怎么一回事。父亲给我回了一封只有二三百字的信,信中引了孔子的话:"未知生,焉知死。"并且说:"对于生死、富贵等,不是人应去追求的,学问和道德才是人应该追求的。"他要我好好读书，注意身体。从父亲这封短信看，他确如钱穆先生所说，是一位"纯儒"。近读《吴宓日记》，其中也记有父亲在一次演讲中说"儒家思想为中国文化之精神所在"。孔子说："五十而知天命。"那时，父亲正好50岁，是否"知天命"了，我不敢说，但他要求我做一个有学问、有道德的人，这无疑是儒家对做人的要求。而我在50岁时（1977年）才像孔子15岁那样始"有志于学"吧？大概到我60岁时也才如孔子40岁时那样进入"不惑"之年。父亲立身行事所依据的儒家思想多多少少在我身上有所体现。

重庆南开中学无疑是当时大后方最好的中学之一，我能进入是得益于我的堂姐在那里教书，当然也和我父亲于1927至1928年在南开大学教过书有关。我在联大附中只读到初二，没有读初三，而到南开中学直接进入高一，功课的压力自然很大。开始我还可以勉强跟上，可越来越感到困难，因而学下去的信心动摇了。于是我写信给父亲说我不想学了，想回昆明。父亲写了一封长信给我，他说："读书、求学就像爬山一样，开始比较容易，越往上越困难，这就看你是否能坚持，只有有志气的人才能爬上去。爬得越高，看得越远，眼界越开阔。"他还举出一些古今学人坚持为学的例子来鼓励我。父亲的这番话，不仅使我坚持在南开中学学下去，而且对我一生有着不可估量的影响。我虽无大成就，但总力求日进而有所贡献。这大概是和父亲对我的鼓励和教导分不开的吧！

（摘自《读者》2016年第13期）

父亲和信
肖复兴

初三毕业的那年暑假,一天晚上,我已经睡下了,父亲走进来,轻轻地把我叫醒。父亲对我说了句"外面有人找你",就走出了房间。

我读中学以后,父亲就不再像我小时候那样絮絮叨叨地教育我了,他知道我不怎么爱听,和我讲话越来越少,我和父亲之间的隔膜越来越深。

我穿好衣服,走出家门,看见门口站着一个女同学。起初,我也没有认出是谁,定睛一看,竟然是小奇。我们是小学同学,小学毕业后,我们考入不同的中学。初中三年,再也没有见过面。突然间,她出现在我家门前,这让我感到奇怪,也让我惊喜。

她是来我们大院找她同学的,没有找到,忽然想起我也住在这个院子,便来找我。那一夜,我们聊得很愉快。虽谈不上久别重逢,但初中三年,正是人的心理、生理迅速变化的三年,意外的重逢,让我们彼此都有一种异样的感觉。我们的友谊，从那一夜开始蔓延了整个青春期。

从那个夜晚开始，几乎每个星期天的下午，她都会来找我，我们坐在我家外屋那张破旧的方桌前聊天，好像有说不完的话。那时，她考上北京航空学院附中，需要住校，每星期回家一次，在晚饭前返回学校。我家住在大院最里面，每次我送她走出家门时，几乎所有人家的窗前都会有人好奇地望着我们，那目光芒刺般落在我们的身上，让我既害怕又渴望。那个时候，我沉浸在少男少女朦胧的情感梦幻中，忽略了周围的世界，甚至忽略了父母的存在。

所有这一切，父亲都看在眼里，他当然明白自己的儿子身上正在发生着什么事情。每一次我送走小奇后，父亲都好像要对我说些什么，却总是欲言又止。

有一天，弟弟忽然问我："小奇的爸爸是老红军吗？"弟弟的问题让我有些意外，我问他从哪儿听说的，他说是在父亲和母亲说话时听到的。当时，我不清楚父亲对母亲讲这个事时的心理。随着年龄的增长，我明白了，我和小奇走得越近，父亲的忧虑也越重。

后来，我问过小奇这个问题。她说是，但是，她并没有觉得父亲老红军的身份对自己是多么大的荣耀。作为高干子弟，她极其平易近人，对我十分友好。即使在"文革"期间格外讲究出身的时候，她也从未像一些干部子女那样趾高气扬，喜欢居高临下。那时候，我喜欢文学，她喜欢物理，我梦想当一名作家，她梦想当一名科学家。她对我的欣赏，给我的鼓励，伴随我度过了我的青春岁月。

说心里话，我对她一直充满似是而非的感情，那真的是人生中最纯真、最美好的感情了。每个星期天她的到来，成为我最期待的事情；在见不到她的日子，我会给她写信，她也会给我写信。高中三年，我们的通信有厚厚的一摞。

寒暑假时，小奇来我家找我的次数会多些。有时候，我们会聊到很晚，我送她走出大院的大门，站在街头，我们还会接着聊，恋恋不舍，谁也不肯说再见。

路灯昏暗，夜风习习，街上已经没有一个行人，只有我们俩还在聊，直到不得不分手。望着她的背影消失在夜雾中，我回身迈上台阶要进院门时，才蓦然心惊：每天晚上都会有人负责关上大门。门前的甬道很长，院子很深，想叫开大门，不是件容易的事情。说不定，我得在大门外站一宿了。

我抱着侥幸的心理，轻轻一推，大门开了，我不由得庆幸自己的运气好。我没有想到，父亲就站在大门后面。我的心里漾起一阵感动，但是没有说话，父亲也没有说话。我跟在父亲身后，长长的甬道里，只听得见我和父亲"嗒嗒"的脚步声。

很多个夜晚，我和小奇在街头聊到很晚，回来时，我总能推开大门，总能看见父亲站在门后的阴影里，月光把父亲瘦削的身影拉得很长很长。

这一幕定格在我的青春时代，成为一幅永不褪色的画面。在我也当上了父亲之后，我曾想，并不是每一个父亲都能这样做。其实，对于我和小奇的交往，父亲是担忧的，但他什么都没说，随我任性地往前走。他怕引起我的误解，伤害我的自尊心，而且两代人的代沟也是无法弥合的。

42年前秋天的一个清晨，父亲在小花园里练太极拳，一个跟头栽倒，就再也没有起来——他因脑溢血去世。我从北大荒赶回家来奔丧，收拾父亲的遗物。其实，父亲没有什么遗物。在他的床铺褥子底下，压着几张报纸和一本《儿童画报》，那时，我已经开始发表文章，这几张报纸上有我发表的散文，那本画报上有我写的一首儿童诗，配了十几幅图，这些或许就是他最后日子里唯一的安慰吧。我家有个黄色的小牛皮箱子，家里的粮票、父亲的退休工资等重要的东西都放在箱子里。父亲在世时，我曾经开玩笑说，这是咱家的百宝箱！打开箱子，在箱子的最底部，有厚厚的一摞信。我翻开一看，竟然是我去北大荒前没有带走的小奇写给我的信，是高中三年她写给我的所有的信。

望着这一切，我无言以对，泪如雨下，眼前一片模糊。

（摘自《读者》2017年第4期）

我的父亲

刘　轩

　　有个著名经纪人曾经告诉我，艺人都应该有一个特质：同样的曲子唱十遍、同样的故事讲十遍，不但不会厌腻，还会一次比一次更起劲儿。

　　如果这么说，那我父亲从很久以前就开始训练我当一个艺人了。

　　例如吃饭时，他会夹起一块肥肉，先向在座的客人们宣告它的胆固醇含量很高，但碰到老婆做的霉干菜扣肉还是欲罢不能，接着便问："儿子，这个叫什么？"我则脸不离碗立刻回答："明知山有虎，偏向虎山行。"每次都让满桌客人笑出声来。

　　吃完饭，大家在客厅听我演奏完一段钢琴曲之后，老爸一定会提起某一天当我在练琴时，他误以为我故意弹错音而敲我脑袋，后来发现我没错，当场赔了我五美元的事。接着他一定会问："儿子，然后怎么样？"我便回答："我当场找了你两美元，因为敲得不够痛。"每次都赢得客人叫绝。

还有一个他爱讲的，就是去香港买照相机，跟店员斗智的情节。我扮演老爸，老爸扮演店员，两人一搭一唱，必定博得满堂彩。

有时候我觉得老爸一定是闷坏了，老是需要我陪他唱双簧。19岁那年放暑假回到台湾，满口还是ABC腔调的我就跟着他同台演讲，走遍全台湾。我们的开场简直就是在说相声。

他："我是刘墉。"

我："我是刘轩。"

我们："问候各位乡亲！"

台下必定哗啦啦一阵掌声。我们一套接一套：虎山、敲头、香港店员……每场两千多个位子，场场爆满。

然后有一天，他跟我说他不讲了，要我独自登台。

我慌了："那我怎么办？"

他说："你活那么大，总该有些自己的故事吧！"

我父亲就是这样，一下子给予我严格的训练，一下子又松手，说："你自己决定吧！"更扯的是，还把"你自己决定吧"写成文章。

对他来说，时时刻刻都是教育机会。跟他在森林里跑步就像上自然课。碰到书法作品我总是低头快闪，因为他一定会叫我念出上面的字。他对我妹妹也不例外。即使现在，他还是会摆个小白板在餐桌旁，边吃饭边考她生字。他每餐必高谈阔论，而且讲完一个笑话，还会补充："这个嘛，叫作'逆向思考幽默'，先设下引子，铺陈笑点……"顿时让笑话变得一点都不好笑。

小时候看过一部电影《功夫小子》，我觉得老爸很像片子里的老师傅，看似叫徒弟给汽车打蜡，但其实是在教他空手道。为了给我灌输为家庭服务的意识，他派我去院子里捡松果。为了教我细心，他叫我用湿纸巾擦一棵假树的叶子，一片一片地擦，漏一片就要罚钱。同学们知道了，打电话约我前都会问："今天不用擦树叶吧？"老爸看我在那儿干，则笑得合不拢嘴，还拿出相机拍照。我知道他拍照的原因：为了把这个情节写到下一本书里。

不过讲句公道话，他怎么要求我，也会怎么要求自己。跟我约时间，他总是会说："我几点几分到。"他说约时间要准确，一方面是尊重对方，另一方面则是让对方知道你会准时，所以不可迟到。他真的不会迟到。即使跟我约，如果晚了几分钟，他也会道歉。跟他合作过的人都说他很烦人，甚至"难搞"，但他极度可靠，说到的一定做到。光是这一点，我可能一辈子也学不来。

有时候我想，难怪老爸会念师大，因为他天生就是个老师。教育他人是他的乐趣，也是他的动力。当然，我们全家和周遭的朋友都直接或间接地沦为他的"素材"，我们的私事还变成中学生必读的课文。（真不好意思啊！）虽然我对外开玩笑说，我很高兴当个混账儿子，以便让我老爸有写作题材，但事实上我时常不希望被他写到。甚至在大学时有很长一段时间，我根本不想打电话回家，直到有一天收到一个读者的来信。他说自己家境不好，父亲老是在工作，从来不跟他聊天。但某晚他父亲偷偷走进房间，把《超越自己》翻到其中一篇——《在风雨中成长》，留在他的床头柜上。他看了以后，便知道父亲是爱他的，所以他想要谢谢我。

近年来，我父亲开始通过助学基金会，给偏远地区捐钱盖学校。盖的几十所学校，都是以家人的名字命名，但从来不用自己的名字。有一次我们全家去贵州探访"帆轩四小"，坐吉普车走了好几个小时的山路到贫困的山区，看到几十个学生挥着旗子跑出来欢迎我们。我们给他们发巧克力，看他们跳舞表演，老爸还叫我妹妹拿出小提琴来为他们演奏，随后掏出他的照相机。我在旁边偷笑，一方面我知道这又将成为老爸的写作题材，但另一方面看到他骄傲的表情，我内心也真为他高兴，因为此刻他是大家的刘爸爸、刘老师。

（摘自《读者》2017年第16期）

面对权力的父与子

关山远

父亲节那天,正好读到《曾国藩家书》中曾国藩写给父亲的一封信,感悟颇多。

一

曾国藩的这封家书写于道光二十六年(1846年)正月初三,在照例说些琐事报了平安之后,他继续写道,老家政治生态不好,那些小官小吏,损公肥私,朋比为奸,热衷于拉帮结派、排除异己。父亲大人,您是正派乡绅,不要跟他们有太多来往,不要常往衙门跑。要是您出于正义帮助被他们欺负的人,他们肯定会怀恨在心,造谣生事,最终玷污了我们曾家的名声,也给我结下许多冤家。而且这个门一开,求您的人接踵而来,怎么顾得过来？不如统统谢绝。

写这封家书的时候，身在京城的曾国藩，正走过人生拐点，步入仕途顺境，短短四个月之内，连升两级。同僚羡慕、嫉妒、恨的都有，正是敏感时刻，曾国藩希望老家不要生出什么事端来。

著名作家唐浩明如此评点这封家书："中国的传统是一人得道，鸡犬升天。家中出了一个大官，家人个个都能得其好处。即使本人远在京师或外省，地方官员仍会对其家属优礼有加，更不要说附近的小老百姓对其府上的诚惶诚恐了。于是便有许多这样的官亲，仗势胡作非为，勾结官府，称霸乡里，令百姓敢怒不敢言。有的略微好一点，只为自己及家人谋非分之利，尚不至于武断乡曲、鱼肉小民，然世人对此亦多不满。只有极少数人能自守本分，不插手地方事务。"

作为一位有大智慧的官员，曾国藩自然希望父亲不要插手地方事务。在此前一封给叔父的家书中，他要叔父劝说父亲不要去省城、县上干预公事，"无论有理无理，苟非己事，皆不宜与闻"。曾国藩的父亲接受了儿子的规谏，来信说"杜门谢客"，曾国藩大喜，为父亲点赞。

曾国藩的父亲叫曾麟书，虽然是个老实人，但总归有些虚荣心。儿子在京城做了大官，老家因各种诉求找上门来的亲戚越来越多，曾老爷子难免有些跃跃欲试，好在曾国藩的信很及时。唐浩明评点说："身为官亲，不与闻地方事务，实乃最明智的举措。鄙薄仗势行为乃人之常情。仗势而作歹，固然极坏，即便不做歹事，但干扰了地方事务，也易招致是非……曾氏洞悉人情世故，目光深远。他在京中做官，巴望的是家中庆吉平安，不想看到家人仗他的官势而招来舆情腾怨。倘若湘中对他家人的口碑不好，自然也会给他的仕途带来不利的影响。"

曾国藩的官越做越大，曾麟书也一直低调不多事。这是曾门传承至今的优良家风。

二

但并不是所有官员的爹，都像曾麟书这般自甘寂寞。譬如，张居正他爹张文明。

张居正官做得极大，是明朝万历时期的内阁首辅，掌权柄十年，事实上是大明第一人，连小皇帝都要听他的。有个这么牛的儿子，张文明在老家也跟着牛气冲天。

他很高调，几乎横行乡里。他欺压百姓，干预司法，想让谁坐牢就让谁坐牢，想捞谁就捞谁，连张居正自己都无奈地承认他老爹在老家的斑斑劣迹："老父高年，素怀坦率，家人仆辈，颇闻有凭势凌铄乡里，混扰有司者，皆不能制。"

当地官府，也通过讨好张文明来讨好张居正，而且远不只是嘘寒问暖，连国有的土地都免费送给张家。更出格的，是当地政府部门为张家修建宅第，居然让大明朝的皇家特工——锦衣卫当建筑工人。这是犯大忌的事，但张文明自我感觉挺好。

著名学者朱东润在《张居正大传》中说，给张文明行贿最多的，是两广的官员，他写道："明代腐化的空气，已经弥漫了。腐化的势力，侵蚀一切，笼罩一切，何况一个全权在握的首辅，更易成为腐化的对象。北京只是居正的寓所，他的家在江陵。居正可以洁身自好，但是居正有仆役，有同族，有儿子，有弟弟，还有父亲。腐化的势力，在北京找不到对象，便会找到江陵。居正也许还能管束子弟，但他能管束父亲吗？"

确实，张居正没法管束自己的父亲。古代中国，一个"孝"字，至高无上，律法甚至鼓励"亲亲相隐"，尤其是"子为父隐"。如果儿子发现父亲有不法行为，隐瞒了，没有罪；如果举报父亲，反而要论罪。张居正不是不知道他父亲在老家胡作非为，但他为了显示自己是一个孝子，还得处处无原则地维护父亲。

　　张居正生前权倾一时，死后却遭遇了抄家惨剧，甚至险些被掘墓鞭尸。这固然因为张居正过于刚愎自用、树敌太多，但与他那位放浪不羁的父亲也脱不了干系。

（摘自《读者》2017年第18期）

假如春天可以留住
何 江

一

1988年的大年初一,我出生在湖南省长沙市宁乡县停钟村。我爷爷觉得在龙年正月初一出生是个好兆头,预示着我今后将如龙一般一飞冲天。

在我出生那年,我家附近的村子才开始通电,所有和电有关的物件都是奢侈品。尽管家里条件艰苦,给我摆满月酒的时候,爷爷还是请了皮影戏艺人,让他们在一排白炽灯下,演了一出大戏《杨家将》。那算是我们何家办得非常热闹的一次酒席,直到现在,当年参加过满月酒席的亲戚仍然记忆犹新、津津乐道。

我的父母都是农民。父亲出生在停钟村,母亲则出生在与停钟村北面相邻的兴无村。两村之间隔着一条叫乌江的河，作为两个村子的分界线。

我和弟弟在很小的时候，就跟着父母干农活了。父母当时并不能预见他们的儿子将来能否有出息，他们有点隐隐担心，要是将来两个儿子找不到工作，该怎么过日子。乡里人常说，学会了种田，就一辈子不愁自己的饭碗。因为这个缘故，父母对教我们种水稻这件事，很是上心。

我5岁时，父亲在母亲的鼓励下成了渔民。

每年冬天，他会跟随村里其他渔民到湖北或是江西，开始长达3个月的捕鱼生活。那是父亲少有的出省工作机会，也是他经常向人吹嘘的打工经历。打鱼生活让父亲开阔了眼界，也让他从停钟这个小山村走了出去，头一回领略到国家的广大。

每年年关将至的时候，他就会背着一袋子充满鱼腥味的衣服、棉被和一些淡水湖鱼，出现在村口。他也会给我们带一些小礼物回来，好让我们更多地了解外面的世界。

我6岁那年，父亲带回来一口高压锅，它在当时的村里是个稀罕物件。父亲回来的那天，好多人来我家，围看父亲组装高压锅：锅身、锅盖、密封胶圈……组装完后，乡亲们要求父亲用高压锅煮一锅水。父亲开心地应允。父亲把水倒进高压锅，然后，把高压锅放在柴火灶上。烟火烘烤着不锈钢锅底，很快就把锅底烧黑了，看得我很是心疼。水烧开了，排气口喷着粗气，好像快要爆炸似的，邻居们吓得直往后退。这口高压锅，我们家用了10年，直到它的塑料手柄几乎融化了才被扔掉——这大概是我童年里接触的第一件"高科技"物件。

二

我4岁时，就进了村里的小学，成了村里入学最早的学生。小学毕业后，我到另一个村子去读初中，离家很远，有十几里的路程，走路要花两三个小时。为了缩短上学时间，我不得不学习骑自行车。家里那时没钱给我买适合我骑的自行车，我只能骑父亲当年结婚时买的二八式自行车。我个头小，站着才比自行车高一个脑袋，于是只能将脚跨进自行车的三角区域将身子侧在一边骑，走的又是崎岖的山路，其难度可想而知。初三结束，我考上了县城最好的高中，学校离家有近40里路，我不得不寄宿在学校。

那时，我才第一次走出山村，第一次感受到城乡的差距。县城的一切，在我眼里都是新奇的，水泥路、红绿灯、小轿车、自来水、霓虹灯……我若是在县城看到新奇东西，都会跑到电话亭打电话回村里，与母亲分享。母亲在电话那头，每次都会勉励我好好读书，将来住在城里——我才真正意识到"城里人"这个词，在乡里人眼里，代表着一种向往。

对我们这些农村学生来说，进城读高中最大的问题不是学习，而是生活上的不适应，因为我们对城镇生活没什么概念。比如，冲水厕所该怎么用，一开始很多农村学生就不清楚。农家子弟想要融入城市子弟的圈子，也比较困难，因为大家的成长环境相差太大。

2005年，我参加高考。那一年，湖南有好几十万考生，我考到全省300名左右，被中国科学技术大学录取。也就在那一年秋天，我第一次真正意义上生活在一座省会城市。中国科学技术大学在安徽合肥，从湖南长沙没有直达那里的火车。我从江西鹰潭转车，乘一列绿皮火车花十几个小时才能到合肥。火车经过长江的时候，我激动不已。十几年来，我只在书上领略过长江的浩荡，第一次目睹长江的时候，我被那股奔流不尽的气势所震撼。

我想，人或许只有走出原有的视野空间，才能真正意识到这个世界的广大，才知道这个世界上还有很多东西我们未曾见过、听过。我十分庆幸，我走出了我的小世界。

三

在大学，我读的是生物。学生物有个好处，要是我父母在乡下病了，我的一些生物知识可以帮助他们。乡村的医疗条件虽说比我出生那会儿改善了很多，可很多农民还是看不起病，用乡村土办法治病的事情仍时常发生，比如，用蜘蛛来吮吸蜈蚣咬后的伤口，用火疗医治蜘蛛咬伤……这些方法在学生物的人看来十分落后。

我也是进了大学后，才逐渐了解很多西方医学知识。我有机会在显微镜下观察一个细胞怎么分裂，也学习了生物分子在细胞、机体内的相互作用，免疫系统如何对抗病原体入侵，不同的疾病如何在人体内发展……大学4年里，我有了蜕变式的成长，变得比以前更自信了，对未来也有了更多憧憬。小时候，我的梦想只是走出乡村，进入城市。那时，我对城市没有一个具象的概念，也完全不知道自己要做什么。于是，"进城"对于我而言，只是一个空泛的梦想。这个梦想猛然实现了，我却感到那样的彷徨。也恰好是这份彷徨，在大学里给了我探索的动力，让我不断寻找自己想做的事情。

2009年，我大学毕业，并拿到了学校本科生的最高荣誉——郭沫若奖学金。同时，我也收到了哈佛大学生物系的录取通知书。就这样，我成了村里学历最高，也是第一个出国留学的小孩。乡下人对国外的印象并不明晰，对哈佛是所什么学校也不一定清楚。不过，大家听到何家有小孩要出国留学后，都感到特别新奇。出国前的那一夜，父亲又邀请村里的皮影戏艺人演了一出《杨家将》，那是我印象中我们何家又一个热闹的夜晚。

我这二十几年的生活经历，从湖南的一个小山村，到县城，到省城，再到美国波士顿，二十几载，其实也可以说是恍如隔世。

2016年5月25日，哈佛园内，哈佛经典文学系的理查德·塔兰特教授领着我、乔舍尔亚·坎贝尔和安妮·鲍尔来到哈佛纪念教堂旁的演讲台。乔舍尔亚和安妮是哈佛应届本科毕业生，我是应届毕业的博士生。我们3个人将要在第二天的哈佛毕业典礼上，作为学生代表致辞。

在哈佛读博士的时候，我做科研报告的机会很多，但很少会在公共场合演讲。这样一次偶然的机会，倒也让我真真正正开始思考，这些年在哈佛学到的东西和曾经的经历。

这些思考里关于乡村生活的经历尤其多，因为那段看似平凡的经历在无形中塑造了我。但是，要厘清这段经历却很难，因为那个时候，我大多是处在一种半懵懂的状态，对于身边发生了什么、村庄经历了怎样的变化，我都难以用只言片语勾勒出来。

在外生活久了，童年和少年时的经历反而愈加清晰。在野地里放牛，在稻田里捕鱼，在夏天的夜晚捉萤火虫……现在想来显得格外珍贵。社会在飞速发展，现代化的变革已经让我童年时代的生活场景发生了翻天覆地的变化。物质条件的改善对于乡村是件好事，可我回过头来想想，总觉得生活好像丢了一些什么。乡下的村民仍像我小时候一样，觉得进城是这辈子最大的梦想。可真正在城里购置房产了，又住不习惯，老是想回乡下老家住住。就这样，我们这一代处在城市和农村中间的人，慢慢地忘记了过去的生活，却又未曾真正融入当下。

我的父亲常会叹着气对我说，我和弟弟这一辈，可能是村里最后一代经历过传统农业生活的人了，现在村里的小孩连秧苗是怎么插的都不知道了。我笑着反问父亲："您难道还希望我们的后代继续过那种穷苦生活吗？"

在这传统的乡村生活即将消逝的时代，我常感到不知所措，心里想把它留住，可一细想，又告诉自己它是应该消逝的。于是，我唯一能做的，便是用文字把曾经的那些经历记录下来。

（摘自《读者》2018年第1期）

好日子

林海音

今天是个好日子——爸爸领薪水。

我说它是好日子,因为家里的每个人都有亟待实现的愿望寄予今天。

早晨妈妈去买菜,刚迈出房门又退回来,望着墙上的美女日历问:"今天是几号?"

"1号!"我和大哥异口同声地回答——我们对于这个日子有特别的警觉。妈妈听了,若有所悟地点点头走了。

晌午,我和大哥都回来得早些,妈妈好像比我们更早,她已经烧好满桌好菜等待爸爸。

一文不名却能端出满桌好菜,是妈妈的本事。我们在课堂上念过"泥他沽酒拔金钗"的诗句,是形容一位贤淑的妻子从头上取下金钗,给丈夫换酒请客人。可是妈妈的贤淑还不止于此,我知道她的最后一枚金戒指早在去年换钱给爸爸治病了。我是说，她有赊欠的好本事，当然，她并不是那种不会算计常使债台高筑的女人，她今天能有魄力去赊欠一桌美餐，是因为她对于很快就可以还账有信心。想想看，今天是什么日子？

车铃响3声，是爸爸回家的信号。我抢着出去开门，大哥小心地替爸爸把车子推进来，小妹赶紧接过爸爸的大皮包——今天我们对爸爸都特别殷勤！

大黑皮包沉得小妹扛不动，她直嚷："爸爸好阔啊，皮包这么重，里面到底有多少钱？"

我们听了都轻松地笑了。我们知道爸爸不会有满皮包的钱，但是在这个好日子提到钱，总是令人兴奋的。

我知道爸爸的那个黄色牛皮纸的薪水袋，每逢这个日子，他总是一回家便把它从他的中山装的左上口袋里掏出来，交给妈妈。可是今天爸爸却没有，爸爸仿佛没事人似的，照例坐到饭桌旁他的主位上。

吃饭的时候，我几次回头探望挂在墙壁钉子上的那件中山装，左上口袋好像鼓鼓的，又好像不鼓。我希望那个钉子不牢，爸爸的衣服掉下来，那么我就可以赶快跑去拾起来，顺便看看那口袋里的实际情形。现在我们闷闷地吃着饭，简直叫人沉不住气！

我相信沉不住气的一定不止我一个人，可是我们谁都不开口问爸爸关于薪水的事。

爸爸今天胃口真好，当盛第三碗饭的时候，沉不住气的妈妈终于开口了："你看今天的牛舌烧得还不错吧？"

"相当好！"爸爸咂咂嘴，点点头。

妈妈又说："今天的牛舌才15块钱，不算贵。不过还没给钱呢！"

妈妈说话的技术真了不起！我们的老师教写作文方法时讲过"点题"，

妈妈在学校时作文一定很好,她知道怎么"点题",引起爸爸的注意。果然,爸爸听见妈妈这么说了后,仿佛想起了一件重要的事。他立刻起身,从挂在钉子上的中山装的左上口袋里掏出那个牛皮纸袋来,放在饭桌上妈妈的面前,说:"喏,薪水发了。"

我们的目光,立刻从红烧牛舌上转移到那个纸袋上。上面一项一项写得很明白,什么本俸啦,服装费啦,眷属津贴啦,职务加给啦……名堂繁多,加到一起一共376.56元,还是那个老行市!爸爸是荐任6级,官拜科长。

我们的家庭是最民主的。妈妈一面打开薪水袋,一面问大哥:"你说要买什么来着?"

大哥一听,兴奋得满脸发光,两只大巴掌搓着:"仪器一盒,大概150块,上几何课总跟同学借,人家都不愿意;球鞋也该买了,回力40号的36块;还有,还有……"大哥想不起来了,急得直摸脑袋,"嗯,还有,头发该理了,三块五。"

"你呢?"妈妈转向我。

"我?一支自来水笔,爸爸答应过的,考上高中就送给我,派克21的好了,只要90多块;天冷了学校规定做黑色外套,大概要70块;还有,学校捐款劳军,起码5块。"我一口气说完了,静候发落。

妈妈听了没说什么,她把薪水袋一倒提溜,376.56元全部倾泻出来。她做一次摊牌式的分配,一份一份数着说:"这是还肉店的,这是还张记小店的,这是电灯费、水费,这是报费,这是户税,这是……"

眼看薪水去了一大半,结果她还是数了3张小票给大哥:"喏,理发的钱,拿去。"

又抽出一张红票子给我:"这是你的学校捐款5块。"

妈妈见我和大哥的眼睛还盯住她手里的一小沓票子，又补了一句："剩下要买的，等下个月再说吧！"

妈妈又转向爸爸，爸爸正专心剔他牙缝里的肉丝，妈妈把手中的票子晃了晃，对爸爸说："我看你的牙，这个月也拔不了吧？"

爸爸连忙说："没关系，尚能坚持！尚能坚持！"

妈妈刚要把钱票收起来，忽然看见桌旁还坐着一个默默静观的小女孩。

"对了，还有你呢，你要买什么？"妈妈问小妹。

小妹不慌不忙地伸出她的一个食指来，说："一毛钱，妈妈，抽彩去！"

妈妈笑了，一个黄铜钱立刻递到小妹的手里——今天只有小妹实现了全部愿望。

我忽然觉得很无聊，把那张红票子叠呀叠的，叠成一只蝴蝶，装进我的制服口袋里。爸爸也站起来了，穿上了中山装，说："盼着吧，又——有讯儿要调整待遇了！"他把那个"又"字拉得又长又重。

就这样，我们的好日子又过去一个！

（摘自《读者》2018年第2期）

人在做天在看

董 倩

贵州小伙王冬在四川崇州打工，在准备回老家的前一天晚上，他骑电瓶车在路上撞倒一位老人。老人没纠缠他，而是让他走，但王冬留了下来，叫救护车把老人送到医院。老人病情恶化，王冬把妻儿从老家接到崇州，与老人的儿子一起，担负起照顾老人的职责。

在采访的过程中，我问得最多的是这句话："为什么当时你不走？走了也许就没有这么多麻烦和负担。"我知道，这叫以小人之心度君子之腹，但这恰好是这个事情最核心的环节。我们被"扶不扶"的问题纠缠得太深、太久，钱、时间、责任……要考虑的因素太多，哪个都要命。所以，在看到王冬和老人作出这种选择时，我们都不能理解，还要反复追问。

我是带着复杂的思绪，去采访几个单纯的人。他们说的话、做的事，即便已时隔多年，依然仿佛历历在目。

王冬在撞了老人后，其实有几次机会可以走，并且不会被发现。

2012年11月6日，王冬从打工几年的工厂辞职，到街上为父母、妻儿选购礼物，准备第二天一大早离开成都，回到贵州省遵义市习水县大坡乡的老家。晚上7点多，他骑着电瓶车带着礼物返回厂区宿舍。初冬的天黑得很早，只能靠昏暗的路灯骑行，突然他看见前方有个人，想躲时已经来不及。电瓶车把人撞倒了，王冬也磕破额头。他赶紧过去看，是位老人，60岁上下。

"您有没有事？"他问完，随手在老人头上一摸，湿乎乎的——老人的头磕破了。"你走吧，我没事，去街上缝几针就行。你走吧。"昏暗中老人催他走。王冬问出老人目前孤身一人，儿女不在身边。天黑了，四下没人，被撞的老人也没亲没故，关键是还允许他走。

"要是那时走了呢？"我问他，"想过走没有？"王冬说："没有。除非他有子女能过来，带着去检查，确认没事，我才能走。如果我把他留在那儿了，他真的有事，我不知道怎么面对人家。"

这是第一次，也是最好的一个机会。当时的一切都为他提供了走的条件，如果从个人利益的角度出发，小伙子最好的选择应该是听老人的话——走。几个小时以后，他就能回贵州老家，见到很久没见的父母、妻子和小女儿，不会再与这里有任何关系。再说黑暗中老人也说自己没什么事，还亲口说让他走，走是没问题的。如果不走，就要陪老人去检查，要花钱，要花时间。然而王冬没有走，他马上打电话叫来救护车，陪着老人去了医院。

我问他："是不是注意到周围有摄像头，或者想到也许黑暗中有人会看到，才这样做。"他摇头，告诉我他不是因为摄像头和别人的眼睛而这样做。我还没完没了，继续问："在你确认没人看见时，也就是天知地知你知了。"他看着我,接着我的话说:"对,是天知地知,但是我知道还有一句话,叫人在做天在看。做人做事最起码要对得起良心,不能为自己的良心增加不必要的负担。"这句话让我对他刮目相看。

第一次走的机会,王冬放弃了。

王冬随着救护车来到医院,陪着老人做CT检查。在这个过程中他得知老人姓李,今年60岁,家住南充,也是在崇州打工。CT台上,老人再次劝王冬离开。虽然医院知道王冬是肇事者,但不知道他的任何信息,他如果此时走,也经过了老人的允许,还是说得过去的。但老人的一再相劝让王冬心里又温暖又难过,老人心地这么善良,这时候走,又怎么对得住他?

半小时后CT检查的结果出来了,老人颅内出血,要转入重症监护室并马上手术。王冬怕了,怕的不是要担责任,而是老人家要是没了可怎么办。

医院通知老人家属往来赶,但赶到还需要几个小时。这段时间,是第三次机会。

在等老人的家人来的时候,王冬走了,但他是回宿舍取钱。他把准备带回家的3000多元钱和向同事借的1000多元捆在一起,匆匆赶回医院,在医院的走廊里待了一个晚上。

我问他:"那个晚上有没有算一下,如果你不走,老人的医疗费你就要背一阵子了。重症监护、颅内出血,都是要花大钱的。"我言外之意是:看,你不是不走吗?现在麻烦来了,你背得起吗?小伙子说:"我算过了,是要花很大一笔钱。但就算是背负经济损失,总比良心受谴责或者一辈子活在惊恐当中要好得多。至少,我做到了我认为应该做的、比较对的事。"

听他说话的时候,我脑子里想到的是药家鑫。深秋的晚上,念大三的药家鑫开车撞倒了一个骑电动车的女孩，药家鑫没去问她的伤情，而是想到自己的"麻烦"——她会记下车牌号告诉警察，他会没完没了地为她花医药费。药家鑫想的是，如果她死了，麻烦就没了。于是，他回车上取刀，捅死了被撞的女子。

人和人，到底相差在哪里呢？王冬受过的正规教育跟药家鑫比差远了，但在药家鑫身上，看不到一点点良心的影子。良心跟学历没关系，它是家庭和环境的产物。

在王冬的世界里，钱的数额再大也算得清，良心上的账他欠不起。身体上的苦累有限度，但昧了良心做的事会没限度地折磨他。他懂得不多，但他懂得他想过心安的日子，他想做一个负责任的人。

我还想最后确认一下。于是，我问他："站在不少人的角度看，对自己负责的选择应该是走。但是你觉得不走才是为自己负责，为什么？"

小伙子就说了一句话："不走，是保护我的良心，是保护我自己。"

至此，3次所谓的机会，在王冬眼里都不存在。接下去，就看看王冬会遇到什么。

当老人的儿子李云昌接到电话连夜从南充往崇州的医院赶时，他在心里一遍遍地想，怎么把肇事者狠狠揍一顿。他的老父亲为了给家里增添点收入，这么大岁数还在外面打工，那个小子怎么开车不长眼呢？他又恨又怨。

李云昌见到王冬，知道他是那个撞了父亲的小子，就没给他好脸色。没想到的是，那小子并没躲，而是主动过来把撞倒老人的经过都仔细说清楚，听得李云昌将信将疑，心想，怎么还有这么没心没肺什么都说的肇事者？之后的两天，李云昌暗中打听了一下情况，跟那小子说的基本没差别。他开始琢磨，那小子不是没机会逃啊，有好几次呢，如果他逃了，我恐怕再也见不到我的老父亲了，而且我也根本找不到那小子。李云昌觉得，设身处地把自己放在这种情况下，说不定也会逃，况且是老父亲让人家走的，这小伙子得有多大勇气才能担下责任，自己肯定做不到。与此同时，李云昌接到了父亲的病危通知书。

按理说把老人撞成这样，王冬是要负刑责的。但在与王冬打交道的过程中，李云昌也渐渐了解到，王冬的家境并不好——他父母年纪都大了，母亲还有些残疾，他的小孩还没断奶，爱人也没有上班，一家人都靠他供养。如果王冬背了刑责，他的家就完蛋了。李云昌不是没想过让他承担刑事责任，毕竟他把老父亲撞成现在这样了。老人动了3次手术，治疗费花了20多万，后续治疗还要十几万，但王冬说这笔钱他来担，李云昌觉得自己还能说什么呀？王冬的真诚、坦率和勇气，让李云昌觉得自己没法往另一条路上跑。

李云昌跟亲戚朋友说起这事的时候，所有人都下意识地说："呦，他没跑呀，你真是碰上个憨子。"他知道王冬不憨，王冬是条汉子。跟汉子打交道，人家又喊自己大哥，那就应该拿出大哥的劲儿来。李云昌决定不让王冬承担任何刑事责任和经济赔偿，治病的钱一起出。本来已经很糟糕的事，却由于两个人的宽容和友善，开始朝好的方向发展。

为了方便照顾老人，李云昌出钱在医院附近租了两间房，他知道王冬已身无分文，房租也不要他出。王冬让老婆带着没断奶的孩子从老家过来洗衣做饭，照顾起临时合住的两家人。与此同时，他们的事被越来越多的人知道，当地媒体也去采访报道。

我采访王冬时，跟他一起往医院走，忽然一位中年妇女跑过来问："你是王冬吧？"王冬有点儿蒙。那位大姐突然往他手里塞了100块钱，转身就跑。王冬边追边问："大姐您贵姓？"大姐头也不回地说："不用不用。"

王冬跟我说，那些天他总能遇到这样的事，有大姐这样直接往手里塞钱的，有往医院送钱的。他把收到的每一笔钱都记在小本子上，虽然大多数时候只能记成是好心人的捐助。

　　采访时我问他，遇到这么大的事哭过没有，他说没有。但在说到别人用各种方式帮助他的时候，小伙子低下头用手抹抹眼睛。

　　采访当事双方的过程中，在简陋的出租屋里，他们穿着普通的衣服，过着仅仅是过得去的生活。但他们心里宁静，虽然被巨额的医疗费压着，但脸上显出的是安详，不急不躁。

（摘自《读者》2018年第3期）

父亲节

冯 唐

爸爸：

在您似乎不在了的第一个父亲节，我很想念您。

您走了好几个月了，似乎总还在屋子里晃悠。妈妈说您去买菜了，我觉得您是去出差了。尽管好久不见，但是在每个角落都有您层层叠叠的气息，似乎您随时会从某个房间里慢慢走出来。

您走了之后，哥哥、姐姐、我一直试图和妈妈生活在一起。当初，您成功了；现在，我们没成功。我们觉得您很了不起。哥哥说，如果和妈妈在一个屋子里待半天，他真的会有生理反应，回到他自己的住处，他需要吃止痛片缓解头痛。妈妈是一个总要做世界中心的人，您是一个一直在边缘的人。她有种在一切完美中找到错误的天赋，您走之后，也没有消退，她所在的方圆十里，寸草不生。我试图和她分析她经历过的种种历史的荒谬，她说，忘掉你的独立思考，这些荒谬你没经历过，你没有发言权。我想了想，竟然无可反驳。我试着问过她，余生何求？她反问我，信不信我死在你后面？看着她生命力超级旺盛的样子，染了一头红发，体重比我重，吃得比我多，语速比我快，我索性就信了。

谁又能改变谁呢？我们生前就被从一个模子里刻出，生之后的挣扎都是效率很低的活动。每每我要启动攻击的时候，我就听到您说，己所不欲勿施于人，人不能做自己鄙视的事情。您告诉我，不作恶！不作恶，才能不做噩梦。我到了年近半百才明白，能睡是人生第一要义。不做噩梦，才能睡好。其实，睡眠之路，才是成佛之路。

您很少说话，开口说话也总是那有限的几句。您在电话里总问我，你在哪儿呢？我报了地名之后，您不知道那是哪儿，就继续问，你什么时候回来啊？我其实也不知道那儿是哪儿，更不知道什么时候能回来。我回到您面前，您总会给我一杯热茶，然后也不一定说话，手指一下，茶在那儿。您走了之后我才明白，一杯热茶之前，要有杯子、茶、热水，要问很久、很多次，我儿子什么时候回来啊？

这是您用45年和我在一起的时间要告诉我的话：一个好父亲，其实不是陪伴。您告诉我，好父亲是万事里的一杯热茶，是饿了有饭吃，是雨后陪我尽快跑向河边的钓竿，是不附和我妈说我的女朋友都丑得惨绝人寰，是告诉我人皆草木、不用成才，是说女人都是好人，包括号称我妈的那个人也很不容易。

其实，妈妈也很想您，只是方式与众不同。余不一一。

儿酒后草于帝都

（摘自《读者》2018年第5期）

七十二本存折

麦 家

朋友姓骆，叫其父为骆父吧。骆父瘦，腿长，更显瘦，杆子似的。我见过骆父三次，分在几年里。

第一次失之交臂，他例行去远足，我只见其背影；第二次他刚远足结束回家，累得倒在躺椅里，气喘吁吁，只对我点头；第三次总算正常，一起吃晚饭，却只说了几句话。

骆父不爱说话，爱运动，日日带着干粮上路，奔波在漫山遍野，把力气和脂肪全通过汗水洒在路上。

骆父年轻时在石灰厂做工，双肺吸足尘灰，年纪轻轻便落下慢性支气管炎，未及中年，已同老人一样虚弱，气力不足。生产队劳动，评工分，别人十分，他要打八折，因为身子虚弱嘛。都以为他寿数长不了，老早就病怏怏的，一副阎罗王随时要叫走的样子。他却一路蹒跚，踉踉跄跄，挺到84岁，全村人当稀奇事讲，编织出各种故事。

故事的配角是朋友，讲他手眼通天，花钱收买了阎王爷。在乡下，阳世阴府是打通的，有钱能使鬼推磨。

朋友实是普通人，理工男，嘴笨性平，通人的功夫都不及格，谈何通天？只是做事钻，下海早，挣到了钱。

这年代，只要人对行，下手早，挣钱是很容易的事。哪怕在合适的地方让银行给你垫钱置几处物业，都能赚翻天。

朋友就是在合适的时间做了合适的事，摇身变为一个做八辈子梦都想不到的大款。他却从不款待自己，生活节俭，不嫖不赌，不抽不喝，不养小三，不慕虚荣，不贪享受，不显山露水，甘于平常，标准的五好男人。他唯一款待的是病父，细心地呵护着，真不愧是大孝子！

骆父的寿命一半是儿子花钱保出来的，一半是他自己用脚走出来的。医生建议：肺不好，用脚呼吸。是"堤内损失堤外补"的意思。

骆父持之以恒，不论严寒酷暑，只要出得了门，绝不待在家里。他从不懈怠，也得到好报。生命在于运动，骆父是顶好的例子。但病肺终归不饶他，不时向他报警，2016年，他终因肺衰竭撒手人寰。

医生说老人家的肺像老透的丝瓜瓤，只剩网状的筋络，凭这样一对肺却能活到这个年纪，是奇迹。奇迹是儿子的孝心和父亲的双脚联袂创造的。

骆父还创下另一个奇迹。

整理遗物时，朋友发现父亲房间里，那张他小时候曾做过作业的小书桌，有一只抽屉牢牢锁着：一把明锁，一把暗锁，双保险。

父亲是突然跌倒，然后在多家医院辗转、深度昏迷半年之久才走的，没有临终交代，没有遗嘱，儿子不知道"重兵把守"的抽屉里到底藏着什么宝贝。当然要打开，兴许里面就有遗嘱。

朋友到处找，找不到钥匙，只好找刀钳帮忙。撬开看，小小的抽屉里塞满五花八门的存折，有黄的，有红的，有蓝的；有的新，有的旧，有的破；有的只是一页纸，是最老式的存单。数一数，总共72本（张），存款少则几千，多则几万，大多是一万整数，累计83万多。

朋友讲，当他看到这些存折时——这么多，撂起来，要排成两列，否则就要坍倒——完全傻掉了。他瘫坐在父亲的床上，足足一个下午，都在流泪、心痛，好像每一本存折都是一本令人心碎的书。

存折有的已经存放20多年了，变色、发霉，房间也已经空落半年之久，四处积满灰尘，在夏天的高温天气里，不可避免地散发着一种酸腐味。但朋友讲，这是他闻过的最好闻的一种味道。一年多来，他坚持每周末回去，到父亲房间坐一会儿，重温这个味道，好像是上了瘾。

我曾陪朋友去他父亲日日行走的路线走过一趟，走得饥肠辘辘，看见一家野菜馆，便去就餐。当地有一种土制红薯烧酒，很出名，自然要尝一尝。

菜端上桌，热腾腾的，我们举杯。朋友举起又放下，流下泪水，捂着脸出门，不回头，一意孤行地走。我付完账，追上去，什么都不讲，忍着饥饿，默默陪他走。我知道，他一定是想起父亲每天带着干粮在这条路上走。

我纳闷，难道他不知道你有钱？朋友讲，其实他是知道的，只是出身苦，舍不得花钱。

我想也是，我母亲也是这样。据说我给她的钱大多存在银行里，密码是我儿子的生日。我让她花掉，她总是讲，她少花一块，我就可以少挣一块。我不知道这是什么逻辑，只知道，天下父母都这样，宁愿自己苦着、累着、熬着，啼着血，也要对子女道一声岁月静好。

（摘自《读者》2018年第12期）

笑的遗产
韩少功

我女儿数她的亲人时，总要提到游，一位曾经带过她的保姆。

那一年，我家搬到河西。妈妈体弱，我和妻都要上班，孩子白天需要托给一位保姆。经熟人介绍，我们认识了游，她就住在我家附近。

游其实还没到湖南人可称奶奶的年龄，50岁左右，只是看着儿子打临工挑土太辛苦，为了让他顶职进厂，自己就提前退休了。她心直口快、心宽体胖，笑的时候脸上隆起两个肉球，挤得连眼睛都不见了。她的哈哈大笑是这个居民区的公共资源。茶余饭后，常能听到这熟悉的笑声远远传来，碎碎地跳入窗户，落在杜鹃的花瓣上或者你展开的报纸上，为你的心境增添亮色。

孩子开始畏生，哭着不要她。不过没多久，孩子就平静下来，喜欢上她的笑声了。孩子试着用手去摸她的胖脸。她笑得张大嘴巴，把脸别过去，又突然"呷"一声转回来，还作出一个鬼脸，让孩子觉得刺激有趣。她可以把这个简单的游戏认真地重复无数次，每次都与孩子笑成一团。

孩子从此多了一位奶奶。

游的丈夫也是退休工人，擅长厨艺，常被餐馆请去帮忙，一去几个月不回家。两个儿子在工厂上班，一个迷钓鱼，一个好小提琴，工资都不高，又都在恋爱阶段，自然缺钱花，在家里混吃混喝不算，有时还找母亲要补贴。游奶奶常常红着眼圈说："我那两个败家子还不如我韩寒。我能有多少钱呢？还是我韩寒心疼奶奶，我一哭，她也哭，还给我抹眼泪，要我吃油饼。"说着又落下一串泪来。

韩寒便是我女儿。

南方的夏天很热。到深夜了，屋里还如烤箱一般，所有家具都热烘烘的，把凉水抹上去，暗色水渍飞快地被分割，然后一块块竞相缩小，蒸发至无。人热得大口出粗气，都怀疑自己身上有熟肉气息。在这种夜晚连蚊子也少多了，大概已被烤灼得气息奄奄、锐气尽失。孩子在这样的夜晚当然睡不安稳，刚闭一会儿眼又"哇哇"热醒。不知什么时候，我们听到楼下有人叫唤，到阳台上细细辨听，才知有人在叫孩子的名字，是游奶奶来了。她驮着沉沉的一身肉，气喘吁吁地爬上楼梯，被我们迎进家门。她说在家里就听到远处的哭声，怎么也睡不着。她听得出是韩寒在哭，便说什么也要把孩子抱到她那儿去。

她并没有特别的降温妙方，只可能是彻夜给孩子打扇，或者抱着孩子出门夜游，寻找有风的去处。

整个夏天，她家最凉爽的竹床、最通风的位置，都属于我女儿。每当太阳落入运输公司那边的高墙，游奶奶就开始往门前的地上喷水清暑，把竹床放置在梧桐树下，至少用凉水擦两遍，为我女儿过夜做准备。她儿子不小心坐了竹床，她立刻大声呵斥："这是给你坐的吗？你们小伙子好足的火气，一个热屁股，坐什么热什么。走走走，没有你的份！"

日托差不多成了全托。我们要给她加工钱，她坚决不收，推来推去像要同你打架。

后来，游奶奶的身体渐不如前，医生说她心脏有毛病。正好这时候孩子也该上幼儿园了，我们便把她送往外婆家——那里有一所不错的幼儿园。那儿离我家比较远，孩子每个星期只能在周末回来。

孩子刚去的那几天，游奶奶失魂落魄，不时来我家打听孩子的近况。

我女儿从幼儿园到小学，每个星期六回家。离家还老远，她就要从我肩头跳下，风一样朝游家跑去，直到扑向游奶奶肥软的怀抱，一扎进去就不出来。游家总有很多邻居的孩子——游家常有乡下来的亲戚，用拖拉机运来藤椅、砧板、鸟笼、瓜果在游家门前售卖，也带来乡音和乡野阳光的气息——孩子们疯疯地赖在那里看热闹，久久不愿回家。

1988年，我家迁居海南岛。女儿每吃到一种新奇的热带水果，都会说："游奶奶来了，要让她尝尝这个。"她给游奶奶写过一些信。游不识多少字，回信大多是请人代笔的。

我担心游的心脏病。我没有把这份担心告诉女儿，怕她接受不了一个没有游奶奶的世界。

她还是经常给游奶奶写信，也经常收到游奶奶的回信。每次看信，她都捧着信纸一次次仰天大笑。令我有点吃惊的是，她笑时的神情特别像游奶奶。她的脸，上半截像我，下半截像她妈，但她的笑毫无疑问来自游家：笑得那样毫无保留、毫无顾忌，尽情而忘形。我记得经常在游家出入的那群邻居小孩，个个都带有这种笑，真是习性相传、音容相染。

游奶奶不论罹患多少疾病，也不会离开人世。这不在于她会留下存折上五位或六位的数字，也无关官阶或学衔，她的破旧家具和老式木烘笼也终会被后人扔掉。但她在孩子们的脸上留下了欢乐，让他们的笑容如花般四处绽放。

秋雨连绵，又是秋雨连绵。我即便远在千里之外的海岛，也会以空空信箱等候她远来的笑声。

（摘自《读者》2018年第13期）

呵护百岁母亲如女儿

冯骥才

留在昔时中国人记忆里的，总有一个挂在脖子上小巧而好看的长命锁。那是长辈请人用纯银打制的，锁下边坠着一些精巧的小铃，锁上刻着四个字：长命百岁。这四个字是对一个新生儿最美好的祝福，是一种极致的吉祥话语，一种遥不可及的人间向往，然而我从来没想到它能在我亲人的身上实现。天竟赐我这样的洪福！

天下有多少人能活到三位数的年龄？谁能叫自己的生命装进整整一个世纪的岁久年长？我骄傲地说——我的母亲！

过去，我不曾有母亲活过百岁的奢望。但是在母亲过90岁生日的时候，我萌生出这种浪漫的痴望。太美好的想法总是伴随着隐隐的担忧。我和家人们嘴里全不说，却都分外用心照料母亲，心照不宣地为她的百岁目标使劲了。我的兄弟姐妹多，大家各尽其心，又彼此合力，第三代的孙男娣女也加入进来。特别是母亲患病时，我们必须一起迎接挑战。每逢此时我们就像一支训练有素的球队，凭着默契的配合和倾力倾情，赢下一场场"赛事"。母亲历经磨难，父亲离去后，更加多愁善感。多年来，为母亲消解心结已是我们每个人都擅长的事。这些年，为了母亲的快乐与健康，我们手足之间反反复复不知通了多少次电话。

然而近年来，每当母亲生日我们笑呵呵地聚在一起时，我发现作为子女的我们也都是满头华发。小弟已70岁，大姐都80岁了。可是在母亲面前，我们永远是孩子。人只有岁数大了，才会知道做孩子的感觉多珍贵、多温馨。谁能像我这样，75岁了还是儿子，还有身在一棵大树下的感觉，有故乡、故土和家的感觉，还能闻到只有母亲身上才有的气息。

人生很奇特。当你小的时候，母亲照料你、保护你，每当有外人敲门，母亲便会起身去开门，绝不会叫你去。可是等到你成长起来，母亲老了，再有外人敲门时，去开门的一定是你——该轮到你来呵护母亲了，人间的角色自然而然地发生转变，这就是美好的人伦与人伦的美好。一种奇异的感觉出现了，我似乎觉得母亲愈来愈像我的女儿，我要把她放在手心里，我要保护她，叫她实现自古以来人间最瑰丽的梦想——长命百岁！

母亲住在我弟弟家。我每周二、周五下班之后一定要去看她，雷打不动。母亲知道我忙，怕我担心她的身体，这一天她都会提前洗脸擦油，拢好头发，提起精神来给我看。母亲兴趣很多，喜欢我带来天南地北的消息，我笑她"心怀天下"。她还是个微信老手，天天将亲友们发给她的美丽图片和有趣的视频转发他人。有时我在外地开会，忽然收到她的微信："儿子，你累吗？"可是，我在与她聊天时，还是要多方"刺探"她身体存在哪些小问题，以便尽快为她消除。就这样，那个浪漫又遥远的百岁目标渐渐进入眼帘了。

去年，母亲99周岁。她身体很好，有力量，想象力依然活跃。我开始设想来年如何为她庆寿时，她忽然说："我明年不过生日了，后年我过101岁生日。"我先是不解，后来才明白，"百岁"这个日子确实太辉煌，她把它看成一道高高的门槛了。我知道，这是她对生命的一种本能的畏惧，又是一种渴望。于是我与兄弟姐妹们说好，不再对她说百岁生日，不给她压力，等到百岁那天聚到一起自然就庆贺了。可是我心里也生出了一种担心——怕她在生日前生病。

然而，担心变成了现实。今年，就在她生日前的两个月，突然丹毒袭体，来势极猛，发冷发烧，小腿红肿得发亮。赶紧把她送进医院，打针输液，病情刚刚好转，旋又复发，再次入院，直到生日前三日才出院。虽然病魔被赶走，但是一连五十天输液、吃药，伤了胃口，母亲变得体弱神衰。于是兄弟姐妹们商定，百岁这天，大家轮流去向她祝贺生日，说说话，稍坐即离，不让她劳累。午餐时，只由我和爱人、弟弟陪她吃寿面。我们相约依照传统，待到母亲身体康复后，一家老小再为她好好补寿。

尽管在这百年难逢的日子里，这样做尴尬又难堪，不能尽大喜之兴，不能让这人间盛事如花般盛开，但是现在，母亲已经站在这里——站在生命长途上一个用金子搭成的驿站上了。一百年漫长又崎岖的路已然记载在她生命的行程里。

故而，我们没有华庭盛筵，没有四世同堂，只有一张小桌，摆几个适合母亲口味的家常小菜，一碗用木耳、面筋、鸡蛋和少许嫩肉烧成的拌卤，一点点红酒，无限温馨地为母亲举杯祝贺。母亲那天没有梳妆，不能拍照留念，我只能把眼前如此珍贵的画面记在心里。母亲还是有些虚弱，只吃了七八根面条、一点绿色的菠菜，饮小半口酒。能与母亲长久相伴下去就是儿辈莫大的幸福了，我相信世间很多人内心深处都有这句话。

此刻，我愿意把此情此景告诉我所有的朋友与熟人，这才是一件可以和朋友们共享的人间幸福。

（摘自《读者》2018年第14期）

女儿与我
蔡志忠

从小女儿常跟我在一起，因为我很独立又不太爱讲话，所以女儿也跟我很像，独立自信得超乎寻常。

女儿一岁半时，有一天晚上我载她出去吃饭。回到家，我先打开靠人行道的车门让她下车。我锁好车子从马路另一侧下车，发现她由车后走到马路上来找我，刚好一辆大卡车高速驶来，差一点就撞到她，吓得我出了一身冷汗。

我当下决定教她马路如虎口这件事。于是领她走到斑马线旁，要她一个人过马路。只见她左顾右盼、如履薄冰，然后快速跑过马路。我要她从对面再过马路回来，她如法炮制，又跑回来。

从此我跟她过马路一定不会牵她的手，路面高速行驶的车子，她需要自己注意。

我们无法照顾子女一辈子，所以应尽早教他们独立自主。父母该在什么时候放手？在他们能站起来时，放手让他们自己走；在他们有思考能力时，让他们自己决定事情。

我的父亲如同世代务农的祖先一样，很明白自己无法教导一个要到台北画漫画的小孩，他能教给我的，便是跌倒再自己爬起来的勇气。

父亲的无为而治，让我有机会实现自己的梦想。我也将这一理念传给我的后代。对于将要去美国留学的女儿，我能教导她的就是独立思考，勇于做自己，失败了擦干眼泪再站起来。

纪伯伦说："孩子是通过你们而来，却不是因你们而来。他们是生命的子女。"

父母是弓，小孩是箭。尽力拉开弓，愉快地放开你的手，让箭飞向梦想。

把爱给他们，却不能给予思想，因为他们有自己的思想；努力仿效他们，却不可企图让他们像你，因为生命不会倒行，也不会滞留在往昔。

由于我太太的工作尚未结束，我跟女儿先移民加拿大。抵达温哥华后，前两个星期忙于买家具、布置新家，安排女儿到附近的西温中学注册上学。

有一天，接女儿放学，在车上我问她："你们班上有几个中国学生？"

女儿说："每堂课的同学都不一样，没有所谓我们这一班。"

我问："我没听懂，这是什么意思？"

女儿说："上学第一天，校长给我介绍了一个同年级加拿大女生，要我所有的课都跟着她，依她所选的课学习，每堂课去不同的教室，有不同的同学。"

我很惊讶："初中就要选课？"

女儿说："是的，但有很多必修课，男生要学裁缝、烹饪，女生也要学木工。"

这样的教育方式真好，可以让孩子有多种尝试，最终找到自己的兴趣所在。

有一天，女儿下课回家，高兴地说："全班都说我是数学天才。"

"哇！你以前数学经常不及格，怎么会是数学天才呢？"

"数学老师也夸我是数学天才呢。"

"怎么就成了数学天才？说给我听听。"

女儿说："今天老师教九九乘法表，九九八十一、三七二十一、五六三十、七八五十六，老师一问，我立刻说出答案，全班都很惊叹！"

在中国，小学三年级的学生就将九九乘法表背得滚瓜烂熟，加拿大的学生到八年级才教九九乘法表，所以女儿才会被误认为是数学天才。

我跟女儿说："现在你的问题很严重，大家都认为你是数学天才，如何不让别人发现你原本是数学白痴？"

从此女儿便用心学数学，一两年时间便从一个数学白痴变成数学天才。由于数学的成功，她变得更加自信。

几年后，她自己申请美国大学，有四五所大学同意她入学。

她问我："这四五所大学中，选哪所大学？"

我说："上哪所大学不重要，在大学中学会什么才重要。"

17岁时，女儿独自到美国加州，自己租房、租家具、租车，自己打理生活，只花五年便在洛杉矶与旧金山的两所大学取得学位。

女儿的例子说明：正确的教育方法不是批评犯错的学生，而是要鼓励。鼓励是使人奋发的原动力，缺乏鼓励，绿洲会变成沙漠。

今年，女儿37岁了，有了自己的孩子，我荣升为外公。虽然当外孙几个月大时，我就因为无法应付外孙的哭声而给女儿打电话，但对于外孙，我爱得很深。我说："爱与宠是两回事，爱是没有条件的支持，爱最大的用处是让那个被爱的小孩敢于面对外面的世界，因为他知道永远有一个爱他的家。"

我热爱思考，擅长自学，此生不渝。

（摘自《读者》2019年第4期）

老爸老妈

毛　尖

叫着叫着，爸爸妈妈真的成了老爸老妈。一辈子，他们没有手拉手在外面走过，现在年纪大了，老爸终于在过马路的时候会拉起老妈的手。不过等到了马路那边，他马上又会放开手，好像刚才只是做好事。

老爸老妈有一个20世纪60年代的典型婚姻。妈妈去爸爸的中学实习，应该是互相觉得对路，经人介绍认识，然后就结婚，各自忙工作。我们都是外婆带大的，我在整个童年时代，都从来没有见过哪一家的父母会在星期天带孩子去逛公园。那时候，一个星期只休息一天，国家为了电力调配，妈妈所在的无线电行业是周三休息，爸爸和我们是周日休息。而平时呢，爸爸总是在我们差不多上床的时候才回家。一家人团聚的时间本就非常少，好不容易有个休息日，妈妈要做衣服、补衣服，爸爸要接待他的同事和学生。

和所有那个年代的人一样，爸爸妈妈做过的唯一私人的事情，就是生下了我和姐姐。我们都住在外婆家，小姨和姨夫也住外婆家。小姨负责买菜，妈妈负责做饭，外婆照看我们，男人不用承担任何家务。爸爸回家就吃个饭、睡个觉，天经地义，还赢得外婆的尊敬："男人在家待着还叫男人啊！"在一个大家庭里，女婿其实是和丈母娘相处的。而等到外婆家的大院子面临拆迁时，爸爸妈妈才突然意识到，以后，大家得各自独立生活了。更令他们感到手足无措的是，他们以后得24小时面对彼此——他们都到退休年龄了。

结婚三十年后，他们告别外婆家的公共生活，开始真正意义上的小家庭生活。很自然地，他们吵架不断。离家多年的我和姐姐就经常接到妈妈的投诉电话："让他去买菜，买回来十个番茄、两斤草头。两斤草头你们见过吗？整整三袋。算了，以后不让他买菜了。买饼干总会吧？也不知道哪个女营业员忽悠他，买回来包装好看得吓死人的两包饼干，加起来还不到半斤，却比两斤饼干还要贵……"老妈在电话那头叹气，最后就归结到老爸的出身上去，"地主的儿子，没办法！"

没办法的。爸爸重形式，妈妈重内容，一辈子没有调和过的美学原则，到了晚年，变本加厉地回到他们的生活中来。爸爸的房间是国画、名花、新家具，妈妈的房间是缝纫机、电视机、旧家具。妈妈把院子变成野趣横生的菜地，爸爸把客厅变成一尘不染的书房。妈妈出门不照镜子，爸爸见客必要梳洗，用妈妈的话说，不涂点雪花膏好像不是人脸了。他们总是一前一后地出门，每次都是妈妈不耐烦地等爸爸，搞得小区里的保安在很久以后才知道他们是一对夫妻。不过，他们这样各自行动多年后，倒是被爸爸概括出"一前一后出门法"，并且在亲戚中推广，中心意思是，一前一后出门，被小偷发现家里没人的概率大大降低了。

老妈知道这是老爸的花头，不过，她吃这套花头。这么多年，老妈总是让老爸吃好的、穿好的，早饭还要给他清蒸小黄鱼。家里的电灯坏了，老妈换；电视机坏了，老妈修；水管堵了，老妈通。老妈永远是操劳的那一个，而老爸就为老妈做一件事——每天早上，从老妈看不懂的写满英文的药瓶里，拿出一片药："喏，吃一片。"老妈吃下钙片，擎天柱一样地出门去劳动，遇到天气不好，她还不吃。在老妈朴实的唯物主义世界观里，钙是需要太阳的，所以，她只在有太阳的日子里补钙。

妈妈在菜园里忙的时候，爸爸在看书。爸爸有时也抱怨妈妈在地里忙活的时间太长，但妈妈觉得，两个人都待在房间里做什么呢？我和姐姐鼓励他们去外地、外国看看，但他们从来没有动过心。我有时候想，也许他们还在彼此适应。下雨天，妈妈没法去菜园子干活的时候，爸爸就会出去散步很长时间，他说下雨天空气好。

老妈也曾努力让老爸学习做点事。两年前，老妈的眼睛要动手术，她一点没担心自己，只担心住院期间老爸怎么办。她让老爸学习烧菜，她在前面示范，老爸就在后面拿本菜谱看。老妈菜刚下锅，他就一勺盐撒进去了，然后老妈怒火冲天，二人不欢而散。老妈在手术后的第二天，就戴着个墨镜回家做饭。我和姐姐说我妈命苦，小姨却觉得，要不是我老爸，我妈不会好得这么快。这是那一代人的相处方式吗？不过老爸拍的老妈戴墨镜烹制红烧肉的照片，虽然有一点魔幻现实主义色彩，但很有气势。

今年是他们结婚五十周年，我和姐姐在饭桌上刚提议办一个金婚纪念，就遭到他们的共同反对，好像他们的婚姻上不了台面似的。五十年来，爸爸从来没有给妈妈买过一朵花，有一段时间，他在北京学习，给家里写信，收信人也是外公外婆。他从北京回来，也没有带特别的礼物给妈妈。爸爸说，你妈只喜欢油盐酱醋，买什么都难讨她欢喜。她也几乎不买新衣服，爸爸不穿的长裤，她会改改自己穿。家里两个衣橱，爸爸的衣服倒是占了一大半。每年梅雨季节过后，我们有个习俗叫"晾霉"，也就是挑个艳阳天，把所有的衣服被子晒一遍。爸妈年轻时候的衣服也会被拿出来晾晒，爸爸的衣服明显比妈妈的多。妈妈只有一件碎花连衣裙，她特别宝贝，这件衣服不是她结婚时穿的，也不是爸爸买给她的。我和姐姐在青春期的旖旎想象中，一直把这件衣服想象成一件特殊的礼物，来自妈妈结婚前的某个恋人什么的。很多年以后，帮他们整理老照片时，我才发现，这件衣服是妈妈在爸爸学校实习时穿的。他们六个实习老师在宁波四中门口拍了这张照片，笑容都看不太清楚了，但小碎花裙摆在飞扬，妈妈那时候一定非常快乐。

跟小津电影中要出嫁的姑娘一样，她把小碎花连衣裙收起来放进箱子的时候，就把自己交给了另一道口令，这个口令没有她撒娇或任性的余地，这个口令让她只知一味付出。即便在她生气的时候，也会把晚饭给爸爸做好，因为骨子里，她跟外婆一样，觉得一个男人应该把自己献给工作。

这就是我的老爸老妈，他们现在都已年近80岁。因为爸爸做了虚头巴脑的事情、买了华而不实的东西，他们还会吵架，吵完，妈妈去菜园子消气，爸爸继续等妈妈回来烧晚饭。这辈子，爸爸只学会工作，没学会当丈夫。不过，当我看到现在的影视剧里尽是些深情款款的男人时，我觉得我爸这样有严重缺陷的男人，比那些为女人抓耳挠腮、殚精竭虑的小男人强多了。而老妈，用女权主义的视角来看，简直是太需要被教育了，但是，在这个被无边的爱情和爱情修辞污染了的世界里，我觉得老妈的人生干净明亮得多。

（摘自《读者》2019年第6期）

父 亲

王 蒙

　　我父亲王锦第,字少峰,北京大学哲学系毕业。他在北大上学时的同室舍友有文学家何其芳与李长之。我的名字是何其芳起的,他当时喜读小仲马的《茶花女》,《茶花女》的男主人公亚芒也被译作"阿蒙",何先生的命名是"王阿蒙",父亲认为阿猫、阿狗是南方人给孩子起名的习惯,去"阿"存"蒙",乃有现名。李长之则给我姐姐命名曰"洒",出自达·芬奇的名画《蒙娜丽莎(洒)》。

　　北大毕业后,父亲到日本东京帝国大学读教育系,三年后毕业。回国后,他最高做到市立高级商业学校校长。时间不长,但是他很"高级"了一段,那时候的"职高"校长,比现在的强老鼻子啦。我们租了后海附近的大翔凤(实原名大墙缝)一套两进院落的房子,安装了卫生设备,曾邀请中德学会的同事、友人、德国汉学家傅吾康来住。父亲有一个管家,姓程，办事麻利清晰。那时还有专用的包月人力车和厨子。父亲与傅吾康联合在北海公园购买了一条瓜皮游艇，我们去北海划船不是到游艇出租处而是到船坞取自家的船，有几分神气。

这是仅有的一小段"黄金"时代，童年的我也知道了去北海公园，吃小窝头、芸豆卷、豌豆黄。傅吾康叔叔曾经让我坐在他的肩膀上去北海公园，我有记忆。我也有旧日的什刹海的记忆，为了消夏，商家在水上搭起了棚子，卖莲子粥、肉末儿烧饼、油酥饼、荷叶粥。四面都是荷花、荷叶的气味。什刹海的夏季摊档，给我留下美好印象的是每晚的点灯，那时的发电大概没有后来那么方便，摊主都是用煤气灯。天色黄昏，工人站在梯子上给大玻璃罩的汽灯打气，一经点燃，亮得耀眼。

父亲大高个儿，国字脸，阔下巴，风度翩翩。他说话南腔北调，可能是想说点显阅历、显学问的官话，至少是不想说家乡土话，又没有说成普通话。他喜欢交谈，但谈话思路散漫，常常不知所云。他热爱新文化，崇拜欧美，喜欢与外国人结交。他惠我甚多的，一个是反复教育我们不得驼背，只要一发现孩子们略有含胸状，他立即痛心疾首地大发宏论，一直牵扯到民族的命运与祖国的未来。一个是提倡洗澡，他提倡每天至少洗一次，最好是洗两次澡。直到我成年以后，他最喜欢做的一件事就是邀我们，包括我的孩子们，他的第三代，到公共浴池洗浴。第三则是他对于体育的敬神式的虔诚崇拜，只要一说我游泳了、爬山了、跑步了，他就快乐得浑身颤动。他的这些提倡虽然常常脱离我们的现实条件而受到嘲笑抨击，但仍然产生了影响，使我等始终认定挺胸、洗澡、体育不但是有益卫生的好事，而且是中国人接受了现代文明的一项标志。

父亲对我们进行了吃餐馆 ABC 的熏陶。尤其是西餐。他教我们怎样点菜，怎样用刀叉，怎样喝汤，怎样放置餐具表示已经吃毕或是尚未吃好。

他常常讲吃中餐一定要多聚几个人，点菜容易搭配，反而省钱。而对西餐吃得正规的人，他佩服得五体投地，并对吃饭不认真的、没有样儿的，如蹲着吃、歪着身子吃、趴着吃、看着报纸吃的，疾恶如仇。

父亲强调社交的必要性，主张大方有礼，深恶痛绝家乡话叫作"怵（chǔ）窝子"的窝窝囊囊的表现。说起家乡的女孩子在公开场合躲躲藏藏的样子，什么都是"俺不"，父亲的神态简直是痛不欲生。

母亲一生极少在餐馆吃饭，偶然吃一次也是不停地哀叹："花多少钱呀！多贵呀……"而父亲，哪怕吃完这顿饭立即弹尽粮绝，他也能愉快地请人吃饭，当然如果是别人请他，他更会兴高采烈、眉飞色舞。我曾经讽刺父亲说："餐馆里的一顿饭，似乎能够改变您的世界观，能使您从悲观主义者变成乐观主义者。"父亲对此并无异议，并且引用天知道的名人语录，说："这是物质的微笑啊！"

童年随父用餐给我留下过不美好的印象。父亲和一位女士，带着我在西单的一家餐馆用餐，饭后在街上散步。对我来说，天时已晚，我感到的是不安，我几次说想回家，父亲不理睬。父亲对此女士说："瞧，我们俩带着一个小孩散步，多么像一家三口啊。"女士拉长了声音说："胡扯！"后来他又说了一些话，女士又说了胡扯，胡扯还是胡扯。我什么都不懂，但是我有一种本能的反感。而且我想，父亲并不关心我的要求。

第二天我向母亲"汇报"了这次吃饭的情况。反响可想而知，究竟随此事发生了什么，我已记不起了。但是从小母亲就告诉我，父亲是不顾家的，是靠不上的。我的爱讲家乡话和强调自己是沧州南皮人的动机中，有对父亲"崇洋媚外"的反抗，也许还有"弑父情结"在里头。

数十年后，在父亲已经离世十余年后，我有一个机会在江南的一座城市见到父亲当年的那个（女）朋友，如今的老教授。这也是一种缘分吧。

我想见见她，她发表过文学评论，有见解。我实在看不出她当年的风采来。而母亲此前也说过，她漂亮。时间是能破坏一切漂亮的。有一说，傅吾康与先父，都曾对此女性有好感。我读过她给傅的信，信里提到父亲，用语多有不敬，有什么办法呢？人是分三六九等的，晦气的人不会得到太多的尊敬。我完全理解，只能轻叹和一笑。长大以后，我与她谈得很愉快，我还帮她出了一本小书。

没多久，父亲就不再被续聘当校长了，我事后想来，他不是一个会处理实务的人。他宁愿清谈、大话。这叫作大而无当，树立高而又高的标杆，与其说像理想主义者，不如说更易于被视为神经病。他确是神经质和情绪化的，做事不计后果。他知道他喜欢什么、提倡什么、主张什么，但是他绝对不考虑条件和能力，他瞧不起一切小事情，例如金钱。他不适合当校长，也不适合当组长或者科长，不适合当家长，却是一个最爱孩子的父亲。对这后一点，母亲也并不否认。年近60岁的时候，他说过一句话，他人生的黄金时代还没有开始。这话反而使我对他有些蔑视。他最重视风度和礼貌，他绝对会不停地使用礼貌用语，"谢谢"与"对不起"、"你好"与"再见"、"请原谅"和"请稍候"，但是他不会及时地还清借你的钱。他最重视马克思与黑格尔、费尔巴哈与罗素，但是他不知道应该给自己购买一件什么样的衬衫。如果谈境界，他的境界高耸入云；如果谈实务，他的实务永远一塌糊涂。

立竿见影，校长不当，大翔凤的房子退掉了，从此房子搬一次差一次，直到贫民窟。父亲连夜翻译德语哲学著作，在《中德学志》上发表他疙里疙瘩的译文，挣一点稿酬养家糊口。他的德语基本上是自学的。英德日俄等语言，他都能对付一气，但都不精。

父亲热心于做一些大事，发表治国救民的高论，研究学问，引进和享受西洋文明，启蒙愚众，至少是教育下一代，但都不成功。同时，他更加不擅长做任何小事、具体事。谈起他的校长经历，父亲爱说一句话："我是起了个五更，赶了个晚集呀！"天乎？命乎？性格使然乎？

（摘自《读者》2019年第15期）

记忆中的那碗汤圆

毕飞宇

我不记得是什么时候了,总之,那一天我得到了一碗汤圆。但我们乡下人要土气一些,把汤圆叫作"圆子"。我的碗里一共有4个圆子,后来,有几个大人又给了我一些,我把它们吃光了。以我当时的年纪,我的母亲认为,我吃下去的数量远远超出了我的实际能力,所以,她不停地重复,她的儿子"爱吃圆子","他吃了8个"。后来,大家都知道了,我自己也知道了,我爱吃圆子,一顿可以吃8个。

我相信吃酒席大致也是这样。如果你在某一场酒席上喝了一斤酒,人们就会记住,还会不停地传播:某某某能喝,有一斤的量。记忆都有局限,记忆都有它偏心的选择——人们能记住你与酒的关系,却时常会忽略你与马桶的关系。

直到现在,我都快50岁了,我的母亲仍认定她的儿子"爱吃圆子"。

其实我不喜欢。在那样一个年代,在"吃"这个问题上,爱和不爱是一个根本不存在的问题,首要的问题是"有"。在"有"的时候,一个孩子只有一个态度,或者说一个行为:能吃就吃。这句话还可以说得更露骨一点:逮住一顿是一顿。

我还想告诉我的母亲,其实那一次我吃伤了。很抱歉,"吃伤了"是一件很让人难为情的事,可我会原谅自己。在那样的年代,有机会的话,我相信所有的孩子都会吃伤。

我为什么至今还记得那碗汤圆呢?倒不是因为我"吃伤了",首要的原因是汤圆属于"好吃的"。吃好吃的,在当时这样的机会并不多。我的父亲有一句口头禅,说的就是"好吃"与"记忆"的关系:饿狗记得千年屎。那碗汤圆离我才40多年,960年之后我也未必能够忘记。

"好吃的"有什么可说的吗?有。

我们村有一个很特殊的风俗,在日子比较富裕的时候,如果哪一家做了"好吃的",关起门来独享是一件十分不得体的事情,是要被人瞧不起的。我这么说也许有人要质疑:你不说你们家做了"好吃的",人家怎么会知道呢?这么说的人一定没有过过苦日子。我要告诉大家,人的嗅觉是十分神奇的,在你营养不良的时候,你的基因会变异,你的嗅觉会变得和狗的嗅觉一样灵敏。这么说吧,你家在村东,如果你家的锅里烧了红烧肉,村子西边的鼻子会因为你们家的炉火而亢奋——除非你生吃。

所以,乡下人永远都不会去烧单纯的红烧肉,他们只会做青菜烧肉、萝卜烧肉、芋头烧肉,一做就是满满的一大锅。为什么要这么做呢?要送。左边的邻居家送一碗,右边的邻居家送一碗,三舅妈家送一碗,陈先生(我母亲)家送一碗。因为有青菜、萝卜和芋头垫底,好办了,肉就成了一点"意思",点缀在最上头。

我们乡下人就是这样的，也自私，也狠毒，但是，因为风俗，大家都有一种思维上的惯性：自己有一点儿好的马上就会想起别人。它是普遍的，常态的。这些别人当然也包括我们这家外来户。

柴可夫斯基有一首名曲，叫《如歌的行板》。它脱胎于一首西亚的民歌，作者不详。这首歌我引用过好几次了，我还是忍不住，决定再一次引用它。它是这么唱的：

　　瓦尼亚将身坐在沙发，

　　酒瓶酒杯手中拿。

　　他还没有倒满半杯酒，

　　就叫人去喊卡契卡。

这首歌的旋律我很早就熟悉了，但是，第一次读到歌词是在1987年的冬天。那一年，我大学毕业，一个人在宿舍。读到最后一句的时候，几乎没有过渡，我的眼泪夺眶而出。我不需要回忆，不需要。往事历历在目。在我的村庄，在那样一个艰难的时刻，伟大而温润的中国乡村传统依然没有泯灭，它在困厄里流淌，延续：每一个乡亲都是瓦尼亚，每一个乡亲都是卡契卡。我就是卡契卡，可我还没有来得及做瓦尼亚，就离开了我的村庄。这是我欠下的。

很可惜，在我还没有离开乡村的时候，这个风俗已经出现了衰败的态势，最终彻底没落了。

风俗和法律没有关系，可我愿意这样解释风俗和法律的关系——风俗是最为亲切的法律，而法律则是最为彪悍的风俗。

风俗在一头，法律在另一头。一个时代或一个民族的好和坏不是从一头开始的。好，从两头开始好；坏，也是从两头开始坏。在任何时候，好风俗的丧失都是一件危险的事，这不是我危言耸听。

分享，多么芬芳的一个东西，它到哪里去了呢？

"一块给狗的骨头不是慈善，一块与狗分享的骨头才是慈善。"

这句话是杰克·伦敦说的。我读到这句话的时候正上大学二年级，在扬州师范学院的图书馆里。这句话至今还像骨头一样生长在我的肉里。杰克·伦敦揭示了分享的本质，分享源于慈善，体现为慈善。

我要感谢杰克·伦敦，他在我的青年时代给我送来了最为重要的一个词：分享。此时此刻，我愿意与所有的朋友分享这个词：分享。这个词可以让一个男孩迅速地成长为一个男人——他曾经梦想着独自抱着一根甘蔗，从清晨啃到黄昏。

如果有一天，即便我的身体里只剩下最后一根骨头，这一根骨头也足以支撑起我的人生。这不是因为我高尚，不是，我远远没有那么高尚。但是，因为有太多太多的人和我分享过他们的骨头，我自然有分享的愿望。"愿望"有它的逻辑性和传递性，愿望就是动作——父亲抱过我，我就喜欢抱儿子。儿子也许不愿意抱我，可这没有什么可以抱怨的，因为他的怀里将是我的孙子。是的，所谓的世世代代，就是这么一回事。

我很高兴地注意到一个现象，"分享"这个词的使用率正在上升。我渴望着有那么一天，"分享"终于成为汉语世界里使用率最高的一个词，而"分享"也真的成为我们切实可感的"民风"。

（摘自《读者》2020年第1期）

我的父亲母亲

张克澄

父母像一本书，不到一定的年纪读不懂；当能读懂时，他们已远在天国。如有来生，我还愿做张维、陆士嘉的儿子。

说说母亲和父亲

母亲脾气极好，对人永远客客气气，说话轻声细语，在我的印象中，她几乎没有发过脾气。即使要求我们或保姆帮她倒杯茶水，从提要求到欠身接过杯子，一连串几个"请""谢谢"。小时候我想，犯得着对保姆和子女这么客气吗，这不是他们应该做的吗？母亲知道我的想法，总说："要谢，只要帮助过你的人就应该谢，无分长幼尊卑。"

父亲的得意弟子黄克智的夫人陈佩英与母亲来往密切，陈阿姨给我们讲了一件事。某天她来找母亲,老保姆杨奶奶告诉她,母亲出去了,很快就会回来,请稍坐会儿。她听了杨奶奶的话,一边和杨奶奶聊天,一边等候母亲。杨奶奶说,张同志和陆同志是她这辈子遇见的最好的人,每次发了奖金或拿了稿费,总要按比例分一部分给她。这件事给陈阿姨很大震撼,她说对保姆好她能做到,但从自己的奖金和稿费中拿出一部分来奖励保姆她想都想不到。末了,陈阿姨感慨地说:"我这辈子最敬佩的人就是张先生、陆先生了,尤其是陆先生,作为一个女人,能做到这一步,心胸真的很宽广,不简单。"

母亲师从世界流体力学鼻祖路德维希·普朗特教授,是普朗特唯一的女博士生,也是其唯一的亚裔学生、关门弟子,她的师兄中有赫赫有名的冯·卡门、铁木辛柯等。如此说来,母亲在力学界的学术地位确实很高。当她来到清华时,清华园里的一些大教授,如周培源、钱伟长以及后来回国的钱学森、郭永怀、杜庆华等,不是冯·卡门的学生就是铁木辛柯的学生,从学术辈分上来说,母亲是他们嫡亲的师姑。

钱学森之子钱永刚曾经问我:"张伯母怎么那么厉害?我从小到大只见过她一个人敢对我父亲那样说话。没有第二人!"

他说,有一次他陪父亲钱学森来我家串门,在聊天的过程中母亲向钱推荐了一个人。母亲说了好一段那人的优点,钱学森听着,笑眯眯的,不作声。母亲独自滔滔不绝,见钱没反应,很不高兴,站起来,几步走到他跟前,指着他的鼻子说:"钱学森,人家都说你骄傲,我原来还不信,现在看来你真的是骄傲!"永刚被这前所未见的场面惊呆了,却只见钱学森不急不恼,笑眯眯地轻声说:"那个人是不错,但没有你说的那么好!"

回家的路上,永刚不解地问他父亲:"张伯母跟你急成那样,怎么不见你生气?"

"老相识了，我还不知道她的脾气？我才不生气呢。"

母亲跟生人不苟言笑，于熟人却是很诙谐的。

有一次季羡林来我家，送了父母一本他写的书，好像是关于梵文的。母亲翻看着，跟他开起了玩笑："季羡林，这梵文你到底学得怎么样？你可是号称中国懂梵文的第一人啊，你说它是一，大家就跟着说是一，你说它是二，没人敢说是三，你可不能误人子弟呀！"

季羡林乐呵呵地表示，谨记、谨记！

父母均从小就失去父亲，也因此尝遍人间冷暖。他们对处于困境的人，常常感同身受，愿意在自己能力所及的范围内出手帮助。

"文革"中某日，父亲去王府井外文书店找书，在王府井大街上忽然与一面熟之人擦肩而过。父亲转身跟了几步观察，确认那人是汪道涵后，父亲从后轻拉衣袖，将他引入旁边小巷，低声问他近况。汪告知因自己被认有叛徒嫌疑，停发了工资，目前靠每月20元艰难度日。在问明他目前的居处后，父亲与汪分手。几日后，曾担任父亲在清华的助教的黄仕琦敲开汪的门，与他用英语聊了起来。不久后，父亲安排汪道涵去机械工业出版社当了外文翻译（父亲当时是《机械工程手册》副主编），每月可赚150元，生活可小有改善。当时，父亲有心对汪道涵施以援手，却又担心汪的英文多年不用捡不起来，特地交代黄仕琦前去考察，在得知汪的英文没问题后，才出面推荐的。

"文革"后，父亲有一次在上海出差，给时任上海市市长的汪道涵打了个电话，汪立即安排在锦江饭店与父亲饭聊。饭间，汪的兴致很高，谈古论今，其间汪的秘书进来好几回，不是有要件要他签字，就是有要事要他接听电话。父亲觉得自己闲人一个，以私犯公，十分不应该。自此之后，再去上海，他再也没有联络过汪。

对子女的教育，父母似乎有分工：母亲负责人格培养，父亲则管智力开发和纪律养成。

姐姐和我算是伶牙俐齿，这要归功于父亲的调教。父亲认为学好中文和外语的先决条件是舌头，因此把舌头练溜了十分重要。他教我们的那些顺口溜，我至今没有忘记。

姐姐受的训练比我多，又传给了她的儿子，结果她的儿子高晓松青出于蓝而胜于蓝，更加伶牙俐齿。

求　学

1937年7月，在卢沟桥的炮声中，父母登上了驶往欧洲的轮船。

父母到巴黎后分道。父亲是中英庚款留学生，去了英国帝国理工学院，母亲则去了德国（这是当时世界物理学的圣地）。

到德国后，母亲发现德国的航空工业非常发达，认为中国要想不挨打，必须发展航空事业。她打听到哥廷根大学的普朗特教授是"现代流体力学之父"，空气动力学理论的主要奠基人，心想要学就学最好的，要拜就拜名师。

她先是给哥廷根大学发去一封信，表达了自己想师从普朗特的意愿。没想到，信倒是很快就回了，却告诉她普朗特教授因为年事已高不再收学生，信中还委婉地说普朗特教授的门槛很高，从来就没有收过亚洲学生，更别说女生了。

母亲一看，气就冒起来了，什么叫门槛很高？不就是怀疑我的水平吗？我偏要让他们看看中国女学生行不行！

带着这种心情，母亲来到哥廷根求见普朗特。

普朗特听说有个中国女学生坚持要见他，便请她进办公室谈谈。

当母亲说明来意后，普朗特笑了："他们没告诉你我两年前就不收学生了吗？况且，这行对数学要求很高，东方人数学不行，女孩子就更不懂逻辑了。"母亲一听就急了："您没考过我，怎么知道我不行？"普朗特一愣，认真地看了看母亲："好，你过来！"他从书架上取下几本书说："这几本书，你去找来看，两个月后来考试吧。"母亲忙不迭地把书名抄下来，认真开始备考。

两个月后，母亲如约来到普朗特的办公室。普朗特一脸困惑："你是谁呀？我能帮你做什么？"母亲急了："您不是让我读您指定的书，两个月后来考试吗？我现在准备好了，今天就是来考试的。"老先生这才想起两个月前的事，随即拿了几张纸，写了几道题递给母亲："你去隔壁做吧，两个小时后交卷。"两个小时后，老先生准时推门进来，拿过考卷认真看起来。老先生面无表情，母亲紧张得大气都不敢喘。等看完了，老先生抬起头轻轻一拍桌子："祝贺你，我收你了！"这是改变母亲一生的决定，也是母亲极大的荣耀。一向以严厉挑剔而著称的普朗特教授在关山门两年后重新收徒，收了他学生中唯一的外国人，唯一的女学生。

归还白金

"二战"接近尾声，盟军从德国西面迫近柏林。父亲离开柏林，到哥廷根和妻子及女儿团聚，租住在母亲师兄玻尔教授家。父亲联络到了在瑞士的短期工作，也拿到了签证。

玻尔夫妇设宴为父母饯行。席间，玻尔教授提起时局不胜悲观：战争即将结束，德国也许将不复存在……少顷，玻尔太太捧出一个绒布包放在桌上，忽然掩面啜泣。玻尔揽住太太的肩膀说，盟军有令，德国人不许持有贵金属，我们可能被抄家……这是我们多年积攒的白金，原想供儿子长大读书用的，现在恳请你们把这些白金带出德国。如果德国能平安度过这场劫难，大家都平安，那么你们再设法还给我们，要是德国亡了，要这白金也没用，就算送给你们了吧！

母亲素具侠肝义胆，心想，既然赶上了，人家有难，这个忙必须要帮。那白金共1.75千克，沉甸甸的。

父母带着这白金出了德国。途经瑞士、法国、越南，漂洋过海出关进关若干次，竟一路畅通无阻地回到了中国。

战后的德国虽没有灭亡，却分成民主德国和联邦德国。父母和玻尔教授彼此不通音信，无法物归原主。东西倒是带出来了，却成了父母的心病。

转眼10年过去，到了1956年。这年，民主德国德累斯顿工业大学的霍夫曼教授访华，照例由父亲接待。借此便利，在聊天时，父亲询问霍夫曼教授，是否认识玻尔教授。不承想这位教授竟告知玻尔教授现在是联邦德国科协主席，他们彼此不但相识，而且不时见面！父亲大喜："我这里有些玻尔教授的旧物，请你带回去转交给他，可以吗？"对方答复得出奇地痛快："没问题！"他竟连带什么东西都没问起。

父母赶紧分别向自己所属的党组织汇报此事，清华接谈的是何东昌，北航是武光。双方答复完全一致：好事，这展现了中国人做事有始有终的诚信，应该物归原主。

不过数月，父亲便收到了玻尔辗转寄来的信，信中不仅感谢父母送还白金，还承诺如果父母将来送女儿（姐姐在德国出生，他们不知后来有了我）去德国留学，他们愿意负担她的学费和生活费。

压在父母心上的大石终于落地。

在中国恢复联合国的合法席位后，父亲担任了首任联合国教科文组织执行局中国委员，常去巴黎开会。有此便利，父亲萌生了重访德国（联邦德国）建立中德文化交流的想法，经汇报争取，终于成行。

父亲到访，玻尔教授在家中宴请父亲，并把自己的弟子全部叫到家中作陪。劫后多年重逢，见面时两个人百感交集，紧紧拥抱，老泪纵横。玻尔教授郑重地向大家介绍："这位，就是我常常跟你们说到的诚实的中国人，张！今后不管他有什么要求，你们都要尽力帮助！今天，让我们为张干杯！为德中友谊干杯！"

学生们这才知道父亲就是那个玻尔教授口中常常念叨的、多年后归还白金的中国人，其夫人还是大名鼎鼎的普朗特教授的学生。诚实、大义从此成为父母身上的标记，在德国学术界迅速传开。

20世纪80年代，时任教育部部长的何东昌率团访问联邦德国。父亲知道后，请他到家里来一趟。何行前事多，一时抽不出时间，他心想回来后再见面也不迟。

待何访问归来，到了家放下行李便急匆匆赶来我家。进门就连说："张先生，我真后悔走前没来，差点儿误了大事。"原来，何一行在联邦德国参观访问时，多次遇到一些他们感兴趣的敏感单位，但它们都不对中国代表团开放。闲聊时，德方领导问起既然是教育界人士，张为什么没来？机灵的何东昌立即意识到父亲在德国的影响力，马上说："张维先生原是要来的，因为事情多脱不开身。我是他早年的助教，他嘱咐我向德国的老朋友问好。您认识张教授？"那位一听，态度大变，马上说："我是玻尔教授的学生，是联邦德国现任的科协主席。老人家交代我们，张的要求，我们都要尽力帮助。既然您是张的朋友，有什么要求，只管提吧！"此后，何一行打着父亲的招牌，畅通无阻地完成了访问。

父亲听了，笑眯眯地从屋里拿出一个信封说："我本来写了这份名单要交给你的，可惜你走前太忙，没能带上。"

何东昌打开一看，正是他们要参观单位的负责人名单。

20世纪90年代，父亲赴普林斯顿高等研究院访学半年，考察研究工程教育。其间抽空去麻省理工学院闲转，在图书馆见到几本好书，爱不释手。情急之下，他向馆员索查教员名录，希望能找到熟人施以援手。突见一玻尔教授的名字，即致电询问对方与哥廷根之玻尔教授可有关系，对方告之是其儿子。父亲大喜，亮明身份。小玻尔闻之，立即奔来相见，不但帮忙借了书，还和父亲一起吃了顿饭，他告诉父亲，自己来美留学的费用正是用的那些白金。

本　分

从小父母就对姐姐和我耳提面命：做人要本分。至于什么是本分，怎么做才是本分，却从未具体解释过。

有几个典型事例可以见证父母做人的本分。

钱学森受命组建国防部第五研究院后，申请把母亲陆士嘉调去当副院长，授少将军衔，此事已获批准，只待履行手续。钱与母亲当时工作的北京航空学院商调，时任院长兼书记的武光坚决不放。母亲对老革命武院长极为尊重，又对这少将军衔愧不敢当，也无法开口向组织上请调。钱学森不死心，几年间几乎每周六都和蒋英来家里和父母聊天，坚持做说服工作。直到1962年母亲突发心肌梗死，经北京医院抢救成功，人保住了，却不得不离职休养一年多。病愈后的母亲再不能像以前一样拼命工作了，钱学森的说服工作也就不了了之。

北航领导为了照顾母亲的身体和安全，决定配专车接送她上下班。母亲认为学院车辆紧张，自己坐公交车、走走路，既节约资源又锻炼身体，推辞不受，北航却坚持要派。于是，每日早晨，北航的车准时到清华西南门等母亲。母亲则视而不见，过车不入，一路低头疾走，直奔蓝旗营31路公共汽车站。等母亲上了车，轿车一路尾随到北航站等她下车。双方僵持了几个月，北航只好放弃了。

1955年，中国科学院的首批学部委员（现称院士）共172人，20多年后，很多人已过世，需要增选。第二批学部委员推选的名单出炉，母亲在列。这个名单产生的条件是要有3位学部委员推荐，母亲则由严济慈、周培源、钱学森等7位推荐而获选，父亲为避嫌没有参加推荐。得知这个结果，母亲没有与任何人（包括父亲）商量，给当时主持科学院工作的李昌写了封信，说自己年龄偏大（68岁），身体不好，能为祖国科学事业做贡献的时间不多了，要求将自己的名额让给年轻人。李昌很快回信赞扬了母亲的高风亮节，接受了母亲的请求。严老得知母亲此举，大为不快，把母亲狠狠说了一顿，他说："多少人想让我推荐我都没答应，你怎么可以推掉呢，这是关系到中国科学水平的大事呀。"多年后，母亲谈起此事，并不后悔，但承认自己考虑不周，算是小小的遗憾吧。

母亲这样做，其实早有先例。1956年知识分子定级时，父母均被定为高教一级。母亲认为自己的学识和资历均在北航教授沈元、王德荣之下，不宜与他们同级。她申诉未果，便自降一级，坚持领二级教授的薪金，填表也只填二级。久而久之，大家也只好随她了。只有原始档案无法更改，还是高教一级。

这些故事，今天的年轻人听到会觉得是天方夜谭。但老一辈的知识分子，大多数是这样对待荣誉和地位的。

（摘自《读者》2020年第15期）

茜纱窗下
王安忆

有一回,在江南乡下,走过河边埠头,见一个年轻女子在刷洗几幅木屏。走近一看,便看出这几幅屏就是床栏上的围屏,镂空的花格子做底,镶有人物、器皿、山水、花卉的浮雕。漆色已旧,褪成淡红色,想来原先当是油红油亮的。不知传了多少代,才传到这女子手里。她洗刷得仔细又泼辣,将几扇屏横躺进浅水里浸着,用牙刷剔缝和镂空里的垢,然后,用板刷顺木纹哗哗地刷洗。正面洗了再洗反面,这几面屏被洗得近乎透亮。于是,那床的晦昧气息,也一扫而尽,变得明亮起来。

与自己无关的物件,我是不大留心细节的。但有些物件经过使用,沾了人气,便有了魂灵,活了。中学时,曾去过一个同学家,这家中只一母一女,相依度日。沿了木扶梯上楼,忽就进去了,只一间房,极小,却干净整齐地安置了一堂红木家具。那堂红木家具一点不显得奢华,甚至也不是殷实，而是有了依靠。寂净里，有了些热乎气。

　　与自己关系密切的什物，其实常常不以为是什物，而好像是贴身的一部分，有些水乳交融的意思。这样的用物总共有三件，一件是一张小圆桌。桌面并不很小，但比较矮，配有四把小椅子，是一种偏黄的褐色。桌沿刻一道浅槽，包圆的边。桌面底下，进去些，有一圈立边，边底一圈棱，容易藏灰，需时常揩拭。再底下，是四条桌腿，每条桌腿上方有一个扁圆形球。年幼时，还上不了桌，我就在这张桌上吃饭。后来大了些，家中来了客人，大人上桌，小孩子另开一桌，就在这桌上。夏日里，晚饭开在小院里，用的也是这张桌子。它，以及椅子的高度，正适合小孩子。而且，它相当结实，很经得住小孩子摧残，虽然并不是什么好木料。几十年来，无甚大碍，只是漆色褪了，还有，桌腿上方的扁圆球，半瓣半瓣地碎下来。那四把小椅子，到底用得狠，先后散了架，没了。那桌子，却跟了我分门立户后的十来年，才送给一个朋友，至今还在用。它是我童年的伙伴，许多游戏是在上面做的：涂画、剪贴、搭积木、过娃娃家。有一日下午，家中来了一个客人，和我妈妈说话，我就坐在这张桌子旁一边玩，一边大声唱歌。后来玩累了，也唱累了，想离开，不知怎么，却站不起身，我就只得继续玩和唱歌，几乎唱哑了嗓子。等到客人告辞，才被妈妈从椅子上解放出来。原来椅背套进了我的大棉袄和毛衣之间，将我夹住了。因为处境尴尬，所以记忆格外清楚。记得客人是一个亲戚，上门大约是带些求告的意思，妈妈则是拒辞的态度。但求与拒全是在暗中，就听他们互叹苦经。妈妈指着我说，她比大的会吃。那亲戚则说，某某比她会吃。某某是他家的小孩子，比我小得多。那是在1960年的饥馑日子里。

　　第二件是一个五斗橱。大概记得是分为两半，左半是抽屉，右半是一扇橱门。打开后，上方有一格小抽屉，上着锁，里面放钱、票证、户口簿。

每当妈妈开这个抽屉的时候，我都求得允许，然后兴冲冲地搬来前边说过的小椅子，踩上去，观赏抽屉里的东西。这具五斗橱于我而言最亲密的接触，是橱上立着的一面镜子。白日里，父母上班，姐姐上学，保姆在厨房洗衣烧饭，房间里只剩我自己，我就拖过椅子，踩上去。只见前边镜子里面，伸出一张额发很厚的脸。这张脸总使我感到陌生，不满意，想到它竟是自己的脸，便感失望。在很长的一个时期里，我都对自己的形象不满意，这使我变得抑郁。多年以后，在亲戚家，又看见这具橱柜，我惊异极了，它那么矮小，何至于要踩上椅子才可够到？我甚至需要弯下身子，才能够从镜子里照见自己的脸。脸是模糊不清的，镜面已布上一层云翳。

第三件是由一张白木桌子和一具樟木箱组合而成的。如我父母这样，1949年以后南下进城的新市民，全是两手空空，没有一点家底。家中所用什物，多是向公家租借来的白木家具，上面钉着铁牌，注明单位名称，家具序号。这样的桌子，我们家有两张，一张留在厨房用，一张就放在进门的地方，上面放热水瓶、冷水壶、茶杯、饭锅等杂物。桌肚里放一具樟木箱，这是来到上海后添置的东西，似乎也是一个标志，标志着我们开始安居上海。它放的不是地方，但可供我们小孩子自如地爬上桌子，舀水喝，擅自拿取篮里的粽子什么的。有一晚，我和姐姐去儿童剧院看话剧《白雪公主》，天热口渴，回到家中，忙不迭地爬上樟木箱，从冷水缸里舀水喝。冷水缸里的水是用烧饭锅烧的，所以水里有一股米饭味儿，我到现在还记得。就是这个爬，使我们与这些器物有了痛痒相关的肌肤之亲。这些器物的表面都那么光滑、油亮，全是被我们的手、脚、膝头磨出来的。

我们家有一具红木装饰柜，两头沉，左右各一个空柜，一格小抽屉，中间是一具玻璃橱，底下两格大抽屉。这是"文化大革命"中，母亲从出售抄家物资的商场里买来的。那时候，抄家物资堆积成山，囤放或收藏皆成困难，于是，削价出售。价格低到如上海人俗话所说：三钿不值两钿。母亲只花了四十块钱，便买得了。这笔钱对于我们当时的家庭财政，还有，这具玻璃橱对于我们极其逼仄的住房，都显得奢侈了。后来，有过几次，父亲提出不要它，母亲都不同意。记得有一次，她说了一句，意思是，这是我们家仅有的一点情趣。于是，在我们大小两间拥挤着床、橱柜、桌椅，还有老少三代人中间，便跻身而存着这么一个"情趣"。在这具橱柜里，陈列着母亲从国外带来的一些漂亮的小东西：北欧的铁皮壶、木头人，日本的细瓷油灯、绢制的艺伎，从美国芝加哥的高塔上买来的玻璃风铃，一口包金座钟，斯拉夫民族英雄像。橱顶上是一具苏俄写实风格的普希金全身坐式铜像。这具装饰橱与我幼年时在那家资产者客厅里见过的完全不同，它毫无奢靡之气，而是简朴和天真的无产阶级风格，但包含着开放的生活。我的妈妈，就是那个在炮火连天的战争时期，也要给战士的枪筒里插上几株野花的人。在"文化大革命"中，天天要为衣食发愁的日子里，她会用一包从抽屉角落里搜出的硬币，带我们去吃冰激凌。她总是有着一点奢心，在任何生存压力之下，都保持不灭。到了晚年，我们孩子陆续离家，分门立户，家里的空间大了，经济也宽裕了，而她却多病，无心亦无力于情趣的消遣。这具橱内，玻璃与什物都蒙上了灰尘，这真是令人痛楚。它原先那种，挟裹在热蓬蓬的烟火气中的活泼面貌，从此沉寂下来。

（摘自《读者》2020年第16期）

聆听父亲

张大春

我父亲教我认字的招数极多,我不知道将来是否应该照样移植到你的身上。这一点着实令人困惑——我猜想我能够认得的字都与一连串定型定性的故事有关,于是这形成我对个别文字的成见。

我曾经跟你说过,祖家大门的一副对子是请雕工刻的,长年挂着,一到腊月底,卸下朱漆雕版墨漆字,重髹一遍,焕然一新。联语从来都是:"诗书继世,忠厚传家。"我父亲来台之后,配合在眷村之中,便改成:"一元复始,万象更新。"有时下联也写作"大地回春"。

我最早认识的大约就是联语上的这些字。在上学认字之前,我父亲总是拿这些字当材料,一个字配一个故事。多年以后,我只记得"象"的故事。大意是说,有个善射的猎户,受一群大象的请托,射杀一头以象为食物的巨兽。那猎户一共射了三箭,前两箭分别射中巨兽的两只眼睛,第三箭等巨兽一张嘴，正射入它的喉咙。此害一除，群象大乐，指点这猎户来至一片丛林。群象一卷鼻子就拔去一棵树，拔了一整天，铲平林子，地里露出几万支象牙，猎户因此发达。至于那巨兽有多大呢？据我父亲说，一根骨头得几十个人才抬得动，骨头上有洞，人可以往来穿行。

说这些故事的时候，多半是走在路上。大年下，父亲牵着我在纵横如棋盘的巷弄间散步，经过某家门口便稍做停留，看看人家的春联写了些什么。偶尔故事会被那些春联打断——走不了几步，父亲便分神指点着某联某字说："这副联，字写得真不错。"或者："这副联，境界是好的。"

等我念了小学，不知道在几年级时，自家大门口的联语换成了"依仁成里，与德为邻"。父亲解释，这是为了让邻居们看着高兴。据我对巷弄间穿梭打闹的孩子们的观察，没有哪家邻居会注意我家大门边写了些什么。我家与邻人素来相处不恶，应该是往来串访不多、难得龃龉之故，跟门上的春联显然无关。但是，我注意到一个细微的变化：父亲同我再闲步于里巷间时，竟不大理会人家门上新贴的对联了。有时我会问："这副字写得怎么样？"或者："这副联的意思好吗？"他才偶掠一眼，要么说："这几个字不好写！"要么说："好春联——难得一见了。"

上高中后，我开始读帖练字，父亲从不就个别字的解体构造论长短，偶有评骘，多半是："《张猛龙碑》临了没有？"或者："米南宫不容易写扎实，飘不好飘到俗不可救。"那是1971年前后，我们全村已经搬入公寓式的楼房，八家一栋，大门共有。彼时，我们父子俩几乎不再一道散步了。有一年，热心的邻居抢先在大门两边贴上"万事如意，恭喜发财"。我猜父亲看着别扭，等过了元宵节，他才忽然跟我说："赶明年，咱们早一天把春联贴上。"

这年岁末，我父亲递给我一张字条，上写两行："水流任急境常静，花落虽频意自闲。"中间横书四字："车马无喧。"接着，他说："这原是贴在咱祖家北屋正门上的，你写了贴上吧。"一直到他从公务岗位上退休，我们那栋楼年年贴的都是这副联。

我在父亲退休那年的腊月里出国，到过年了才回家，根本忘了写春联这回事。这一年大门口的联语是舅舅写的，一笔刚健遒劲的隶书："依仁成里，与德为邻。"横批是："和气致祥。"

我问父亲，怎么又"邻"啊、"里"啊起来。他笑着说："老邻居比儿子牢靠。"我说这一副没什么个性，配不上舅舅的字。他却说："之前那一联，作隐士之态的意思大些，还不如这一副。"说着，他又掏出一张纸片，上头密密麻麻地写着："放千枚爆竹，把穷鬼轰开，几年来被这小奴才，扰累俺一双空手；烧三炷高香，将财神接进，从今后愿你老夫子，保佑我十万缠腰。"横批是："岂有余膏润春寒。"我笑说："你敢贴吗？"父亲说："这才是寒酸本色，你看看满街春联写的，不都是这个意思？还犯得着我来贴吗？"我回首前尘，想起多年来父亲对写春联、贴春联、读春联的用意变化，才发现，他的孤愤嘲诮一年比一年深。我现在每年都作一副春联，发现自己家门口老有父亲走过的影子。

（摘自《读者》2021年第3期）

鱼的孩子

裘山山

六月里闷热的一天，我回到母亲的老家，见到了我的表哥和表妹。还在路上时，我就跟专程送我去的朋友说，我很佩服我的表哥，也很敬重他。他是个非常了不起的人。

老实说，阔别20多年，我已经不太记得表哥的样子了。我猜想他的变化一定很大。但一见之下，我还是吃了一惊：出现在我面前的完全是个老农民——我说这话丝毫没有贬义——黑黑矮矮、胡子拉碴的，穿了一件很新的短袖衬衣（估计是因为我要来才套上的），趿拉着拖鞋。他笑容满面地迎上来和我握手，站在他身后的，是更为瘦小的表嫂。

我想我的朋友一定也很诧异吧！

但我一点儿没说假话。就是这个人，这个既不高大英俊，也谈不上风度气质，更没有什么名声地位的人，让我非常佩服和敬重，甚至有点儿崇拜。

他是我大姨的儿子,大姨家孩子多,他初中一毕业就没再读书,直接去父亲所在的乡村学校做了老师。做老师时,他看到学校的上下课铃是由人工操作的,如果负责的人忘记或者看错时间,就会提早或延误上课和下课。他就琢磨了一个小发明,是定时的电铃,40分钟一到就响铃下课,10分钟一到又响铃上课,学校马上采用了。他的脑子闲不住,又开始琢磨电脑。须知那是20世纪70年代,一般人连电脑是什么都不知道,而他这个在乡下长大的孩子,自己画了一张电脑图,然后寄给我的父亲,他认为我父亲是工程师,应该懂。哪知我父亲是学土木工程的,对这"高科技"完全看不懂,但称赞不已,将那卷图纸小心地保存下来(一存30年,后来终于交还给了他儿子)。打那儿以后,父母每次提起他必说两个字:聪明,有时说3个字:真聪明!

不过,这还不是我佩服他的原因,因为聪明的人很多。

1977年,高考一恢复,初中毕业的他马上报名参加,并且考上了,是他们家方圆百里唯一一个考上的,不料政审时被刷了下来,因为大姨的所谓"历史问题"。那个时候"文革"的影响尚未完全消除。他一气之下不再去考,娶妻生子过日子。到1979年我考上大学时,23岁的他已做了父亲。但他毕竟是个聪明人,脑子闲不住。改革开放之门刚打开,他就放弃学校的铁饭碗,承包了队里的鱼塘。他一开干就与众不同,打破了传统的养鱼方式,在鱼塘上搭葡萄架,为鱼塘遮阴;在鱼塘四周种菜,把鱼塘里的淤泥捞起来当肥料;又用菜上和葡萄上的小虫子喂鱼,充分利用了生物链。退休在家的大姨父成了他的得力助手,父子俩吃大苦、耐大劳,他们家很快便成了万元户,是县里的第一个万元户,书记、县长请他吃饭介绍经验,给他戴红花、发奖状。

这回父母跟我说他时，不光说聪明了，必加上"真能吃苦""真能干"这样的感叹。而那时的我正在大学读中文系，陶醉于朦胧诗什么的，好高骛远，听妈妈滔滔不绝地夸他，还有些不以为然。

可聪明而能吃苦的人也很多啊，这也不是我佩服他的原因。

20世纪90年代初，正当他们一家红红火火勤劳致富，甚至不怕重罚生下第二个儿子时，表哥的妻子突然病倒了。表嫂得的是一种罕见的病，气管里长了一个瘤子，如果不及时做手术的话性命难保。当地医院的技术不行，必须去上海。他当机立断，将正在哗哗来钱的鱼塘、葡萄架通通抵押，然后取出所有存款，让刚上初中的大儿子休学一年照顾菜地，把小儿子托付给父母，自己便一个人带着妻子去了上海。

他让妻子住进上海最好的医院，他跟医院说，他要全国最好的医生给妻子动手术。为此，他花掉了所有的钱。所谓倾家荡产就是这个意思吧！庆幸的是，妻子的手术很成功，虽然将终生戴着一个仪器过日子，但已没有了生命危险，好好地活到现在。

他终于让我佩服了，不只是佩服，还有敬重。他把妻子的命看得比天大，比钱财大，甚至比儿子的前途大。这不是一般人能做到的。

从上海回到家乡后，他决意从头开始，从一贫如洗的起点开始。他看中了村子外面的一片河滩。河滩上除了砂石还是砂石，但他勇敢地与政府签下了20年的承包合同，他要在这荒芜的河滩上建一个现代化的养鱼场。

儿子回到学校继续读书，表哥的老父亲仍是他的重要伙伴，还有母亲，默默地在背后支持他。他们开始了艰难的创业之路，在河滩上挖鱼塘，用水泥硬化底部和四周，然后引水养鱼。其中的辛苦，是我无法想象和描述的。鱼塘挖了一个又一个，年年都在增加。当挖到第十个时，老父亲开始反对，觉得那些鱼塘已足够他们过上好日子，也足够他们忙碌辛苦了。但他就是不肯住手，坚持要扩大，以致和老父亲起了冲突。老父亲无奈，只好跟着他继续苦干，就这么着，一直干到他们的养鱼场成为那一带最大的养鱼场。他没再搭葡萄架，而是在鱼塘边种树。河滩上没有土，他就一车车从外面拉土，种了梧桐、棕榈、桃树、铁树、石榴树、广玉兰树，还有茶花和兰草……他将一片荒芜的河滩，变成一个像模像样的美丽养鱼场。

我能不佩服他吗？他从归零的地方重新开始，把失去的一切再夺回来。他不怨天尤人，不唉声叹气，只是干，脚踏实地地苦干。

在艰苦创业的同时，他还将两个儿子培养成才：大儿子今年在英国取得博士学位，儿媳妇正在英国读博士；小儿子也即将获得英国某大学的学士学位。但我说的"培养成才"还不止这些，而是他的儿子每次从英国回家度假时，会马上跟他一起下地干活儿，跟养鱼场的普通工人没两样。

我能不佩服他吗？在今天这个社会，他能把儿子教育成这样，实在了不起。

到我去时，表哥的养鱼场已经有了30多口大鱼塘，以罗非鱼（亦称非洲鲫鱼）为主，成了当地的罗非鱼养殖基地。每个鱼塘都有增氧机、饲料投放机；为了让鱼苗顺利过冬，他还建了好几个有暖棚的鱼塘，烧锅炉送热水。如此繁重忙碌的工作，整个养鱼场连他带工人才4个人。8月鱼儿丰收时，养鱼场每天要拉几卡车的鲜鱼到杭州去卖。一连可以拉上3个月，可见他们养鱼场的产量之高——本来写到这里，我想打个电话跟他核实一下具体数字的，但害怕他倔头倔脑不让我写，我还是先斩后奏吧。如今50多岁的他，依然每天在鱼塘干活儿，白天顶着大太阳汗流浃背，晚上也不得安宁：睡前和半夜，他都要起来巡视鱼塘，一旦发现哪个鱼塘有缺氧现象，就立即打开增氧机。表嫂跟我说，他好辛苦啊，一年到头睡不了个囫囵觉，连春节时也一样。

我无法不佩服他，甚至有点儿崇拜：已经有千万家财的他，依然如普通农民一样辛勤劳动——劳动让他愉快；依然穿最朴素的衣服——那样让他自在；依然住最简陋的房子——那是他亲手建的。他家的楼房连马赛克（锦砖）都没镶，但门前有开满睡莲的水塘，还有可以乘凉的紫藤架。他在用汗水泡出来的土地上像鱼儿一样自在地生活，辛苦并快乐着。

　　从来没离开过故土的表哥一点儿不自卑木讷。两个在英国读书的儿子一再邀请他去英国旅游，他因为离不开鱼塘而没能成行。今年小儿子又催促说："你再不来，我就要毕业了。"他笑眯眯地说："你们别催我啊，小心我去了不回来。"表嫂说："你不回来能在那儿干吗？"他笑而不答。我相信，他如果真的想待在英国，是绝对可以找到事情做的，而且不会干刷盘子、洗碗之类的事，一定是干他喜欢的事。我相信他有这个本事。

　　我时常想，如果表哥那年进了大学，如今会是什么样？我绝对相信他能成为一个优秀的科学家或工程师，没准儿也和我们的舅舅一样成为院士——虽然我无法想象他穿着西装待在实验室或者大学课堂上的样子。

　　和我一起去的朋友感叹说，我表哥的目光是睿智的，自信的，从容的。我说是的，他是一个按自己的想法去活，并且活得精彩的人，但凡了解了他的经历，恐怕没人不佩服他。

　　如今表哥已经是做爷爷的人了，小孙子今年年初在英国出生。他给小孙子取名为子鱼。我问他此名是否取自《庄子》中那句著名的话："子非鱼，安知鱼之乐？"他却一本正经地说："不是的，我取这个名字，是因为我们是鱼的孩子。"我说："你在养鱼，怎么成了鱼的孩子？"他狡黠地笑笑说："子非我，安知我不是鱼之子？"

（摘自《读者》2021年第7期）

除了幸福，不要做别的选择

闫 红

"如果不能够遇到让你满心欢喜的人，不结婚其实也可以。除了幸福，不要做别的选择。"在20世纪90年代末，我爸这样对我说。

一

有两年，我活得很落魄，除了不恰当的文学野心，几乎一无所有。就在那时，我认识了一个男孩，是人们眼中"条件很好"的那类，最关键的是，他热爱文学，所以我多多少少对他产生了移情。周围的人替我感到庆幸，只是我自己无法完全接受这个从天而降的"馅饼"。

很简单，我没感觉，是的，我没有理由没感觉，但感觉这种东西，本来就是不讲理的。

但人家要跟我讲道理，周围的人都说："过日子，不就那么回事吗？跟谁过不是过？"有人更犀利，说："你现在唯一的本钱就是年轻，可要把这个机会抓住啊。"

有一天，我爸对我说："如果你不喜欢这个人，就好好地跟人家说清楚。不能看条件，一生里有太多变故，将来人家条件不好了，你怎么办？结婚就得找个一开始就让你满心欢喜的人，像我当初见到你妈，就是满心欢喜，这些年虽然磕磕绊绊，但有当初那点满心欢喜做底子，就过得去。"

这话我听来并不新鲜，尤其是"满心欢喜"四个字，起码被我爸说了上百遍。也就是说，他起码对我回忆了上百遍他和我妈初见的情形：在介绍人家里，我爸看着我妈走进来，他眼前一亮，倒不是觉得我妈长得有多漂亮，而是我妈笑容里的淳朴，让他在那个燥热的下午，忽然有了某种清凉感。

二

我爸跟我妈的差别也是挺大的，我爸打小爱看书，上进心强，特别有奋斗精神，后来参军入伍，转业后又当了记者；我妈呢，则有点漫不经心，稀里糊涂的，据她自己说，小时候不知道读书的重要性，学的那点知识全还给老师了，后来招工进厂当了工人。

他们的兴趣爱好、人生观都不太一样，脾气也不一样，我爸比较温和，我妈则很暴躁。

有一天中午，家里来了个亲戚，我妈不知道为了什么事儿大吼起来。亲戚替我爸打圆场，说："反正你们也习惯了。"我爸说："对，我们知道她的性子。子曰，知性可同居。"全家人都笑起来，我妈也笑了，说："谁跟你同居！"

当时是玩笑，某天我爸却很认真地跟我谈起这个话题。

那次我因为什么事儿被我妈骂得灰头土脸，趁我妈不在家，我爸说："你不要放在心上，你妈没有恶意。她小时候你姥爷就跟你姥姥离婚了，你妈跟你姥姥相依为命，你姥姥脾气就很坏，经常骂人，你妈习惯了，以为发脾气是常态。"

"有时候我们被人伤害，其实是把对方想象得过于强大，如果你能够对对方加以分析，知道对方也很弱小，你就能够理解对方，理解别人才能放过自己。"我爸又这样对我说。这个经验让我后来亦受益匪浅。

三

不过，面对暴脾气的我妈，我爸倒也不是逆来顺受，我后来才发现，他在用自己的方式巧妙地改变我妈。

我小时候，经常见我爸带回最新的文学杂志，推荐给我妈看。于是，在我家的饭桌上，谈文学成为常态。他们谈张贤亮、刘恒、池莉，这在很大程度上调剂了我妈的生活，后来，我发现我爸的这种引导还另有非同寻常的意义。

我妈原本是纺织工人，穿梭在许多纺织机之间，早、中、晚三班倒。一场大病之后，我妈得以转岗去办公区做勤杂工。这份工作相对轻松自由，获得诸位工友的羡慕。但是我妈自己感觉并不好，老说自己怎么变成刷厕所的了呢。

所谓勤杂工，主要工作就是打扫卫生，这是其一；其二，在办公区不比在工厂区，人被分出三六九等，我妈自认为是处在最底层，她半辈子地位不高心气却很高，因此很是受不了。

　　似乎就是从那时起，我爸开始鼓励我妈写作的，他说我妈经历的事情多，语言鲜活，一定能写出好文章。我妈不太相信，架不住我爸的撺掇，半信半疑地拿起笔，写她小时候的事，写她的朋友和工友。我爸帮她把这些稿件投出去，竟然频频命中。我爸特意将联系地址写成我妈单位，于是时不时地，收发员叫着我妈的名字，送来样刊和汇款单，也算是意外收获。

　　这件事让我了解到，人是可以自救的，即使身处底层，阅读和写作也能让人自足从而自洽。

　　我妈写得并不多，但对阅读的兴趣更高了，张爱玲、苏青这些民国作家都为她所爱。最重要的是，她渐渐找回了在原生家庭里失去的自信，活得舒展了，脾气也好了。很多年之后，她对我说："这辈子我找到你爸，知足了。"

四

　　现在我爸妈都是古稀老人，我爸依然习惯于鼓励赞美我妈。一道出去吃饭，回来后他还会用一种好像完全不带私人感情的决断口气说："今天在座的所有女的，都没有你漂亮……"

　　我不免问我爸，这么多年过去了，我妈身上到底有什么东西，让他依旧满心欢喜。我爸说，还是淳朴，只不过淳朴这个印象里又加了点别的东西，比如善良、宽容、乐观、勤劳……"你妈一倒头就能睡着，只有特别单纯的人才能做到这一点。还有，你妈特别容易对别人有好感，有信任感，这也是值得我学习的。读书人容易看谁都不顺眼，你妈总是能从别人身上看到闪光点，这能够帮我纠偏，我一想起这点就很感谢她。在她身边，我会觉得很安宁，有归宿感。"

我爸这个人，虽然有些方面挺"直男"，但是他同情女性，女同事要是在丈夫那里受了委屈，他会由衷地愤愤不平。导致的结果是，经常有阿姨到我们家来，哭诉丈夫出轨，等等，我爸总是尽自己所能为之出谋划策。

我妈对此从未有一句怨言或是猜疑。我们都笑话我爸是妇女之友，但内心中未尝不认可我爸的这份善良。

父母的婚姻，是孩子的镜子。我后来找到的那个人，几乎在所有方面都是我的反义词，比如说，我感性、他理性，我性子急、他性子慢。有些时候，我也会气急败坏地朝他吼。但是，最后结果经常是，我对他说，我错了，你是对的。

找一个和自己不一样的人也很有意思啊，他会让你有更多的角度、更大的视野，于是你就能以两双眼睛看这个世界，是不是就能看到更多风景？

（摘自《读者》2021年第8期）

多是人间有情物

徐慧芬

我最早识得一种草药时，只有四五岁。那时，外公牵着我的手去田间溜达。

外公俯身拾起一棵草，又接连拔起同一种草。这种草的叶子像一柄柄摊开的调羹似的贴着地皮长，中间竖着一根茎，地上到处可见。我问外公，这是什么呀？外公告诉我，当地人称打官司草，但它正式的名字叫车前草，可以当药用，他要采回去，让它派上用场。

我对散落在野地里、沟渠边、河滩上的野花、野草，有了探究的兴趣。外公见我好问，便教我识得了一些常见的花草。外公说，不要小看这些野草、野花，虽说长得赖贱，常常被路人踏来踏去，但它们大多是药草，各有各的用场。

终于有一回，我见识了药草的效用。我们村里有个凶婆婆，经常虐待童养媳出身的儿媳。有一天午后，这个儿媳手里携着一把锄头，慢吞吞地来到我家天井里，见到外公刚叫了一声"老先生"，就抹起了眼泪。她向外公诉苦，说她昨天不知被什么虫叮咬，脚背肿起一大块，痛得路也走不动了。外公看了看她肿起的脚背，立马走到屋外，回来时手上捧了一大把蒲公英。外公把几枝蒲公英捣烂成一团菜泥样，再往里面掺了一点陈醋，然后就把这团草泥敷在她的脚背上，用一块布裹住，余下的蒲公英让她带回去煎汤喝。第二天这位妇人又上门来，这回眉眼舒展开来，她是来向外公道谢的，我们看到她的脚背已经消肿。

　　家里有许多瓶瓶罐罐和大大小小的甏，里面都盛放着外公收集的药材及研制好的成药。母亲告诉我，做药是很辛苦的，每一味药材的收集、清洗、晾晒、炮制都非常麻烦，有的几蒸几晒磨成粉后还要和上蜜封上蜡，所以这些药都是外公体力还吃得消时做成的，放在密封罐和石灰甏里能保存好多年。

　　我懂事时，外公已是八旬老人，自然不会再这么辛苦劳作了，但我家屋子廊檐下，一排排的竹钩上总晾着一些等着晒干或阴干的药草。家人吃了鸡和鱼留下来的鸡胗皮、乌贼骨、黄鱼石等，外公也会当宝贝收集起来。后来我才晓得，鸡胗皮又称鸡内金，是帮助消化的良药；乌贼骨又叫海螵蛸，磨成粉，洒在创口处能止血；黄鱼头里两块洁白的小石头叫黄鱼耳石，也能治疗人的多种毛病。

　　平时家人吃完水果后，剩下的果壳皮也会被收集起来。橘子皮晒干了变成陈皮，多放几年更好，吃了可以开胃通气。石榴皮苦涩，可以治疗慢性腹泻。柿子蒂用来治疗打嗝很灵验。菱角的壳泡水喝可以解暑气。

　　我家门前屋后，前院后院，种了不少树木和花草。每一种树木花草，外公都能说出它们各自的名堂。我日日在外公身边，耳濡目染，也渐渐知道了一些花草的好处。比如：桑树一身是宝，桑葚吃了能补血，冬桑叶煮水喝可以治疗风热引起的眼红及咳嗽，桑树枝煎汤服能治疗风湿病。最普通的杨柳树，不管树叶树枝树皮树根，也都各有用处。小孩子若得了腮腺炎，将树叶捣烂，敷在鼓起的面颊上，这毛病就好得快。我小时候常发荨麻疹，大人用樟树叶泡水给我洗浴，不久就好了。槿树的叶子采摘下来揉碎了洗头，洗完后头发非常柔顺光滑。

再比如，月季花瓣敷在受伤处能活血止痛，栀子花泡水喝清火消口疮。牵牛花的籽有两个奇怪的名字，黑的籽叫黑丑，白的籽叫白丑，它们有点毒性，但可以润肠通便，还可以用来杀蛔虫。香气浓郁的蔷薇花，摘下来晾干，放在锅里熏蒸，出来的蒸馏水就是蔷薇露，喉咙发炎干哑时饮几口挺管用。还有一种白天蔫头耷脑，到了傍晚就精气神十足的紫茉莉，我们也叫它夜茉莉。它结出的籽像一粒滚圆的黑豆，外壳毛糙但很坚硬，把它砸碎了，里面却是一团雪白细腻的粉，可以用它来搽脸。

我们村有位长得很养眼的女子，打扮也有些特别，穿着斜襟衣衫，头发梳得溜滑，脑后鼓起一个发髻，上面插着一根玉簪子。她会候着时节到我家来采摘夜茉莉的籽。摘好了从衣襟上取下插着的手绢，小心翼翼包好，脸上一副心满意足的笑容，临走连声道谢，如果外公在，她会向外公鞠个躬。现在想来，这不就是一幅美丽的画吗？

我家的自留地里，一年四季种有各式蔬菜。有的蔬菜也有药用，即人们常说的药食同源。蔬菜也是各有脾性的，有的菜性热，比如韭菜和草头，虽然鲜香能开胃，但也不可多食，否则容易上火，害眼病、有痔疮的人就要忌这口；有的寒凉，如马兰头、枸杞头、芹菜、蓬蒿菜等，能滋阴明目泻火，但身体虚寒的人就要少吃；有些菜性情非常温顺平和，比如青菜、花菜、卷心菜、黄芽菜等，不同体质的人都可以放心地吃。外公在世时，家里饭桌上的蔬菜也多是根据不同菜的食性搭配好的，比如中午吃了韭菜、大蒜、洋葱等热性菜，晚上就要弄点芹菜、萝卜等清凉些的菜，以平衡食性。

　　我认了一些字后，看到外公房里很多的医药书，有时候也会忍不住翻开来看看。外公跟我讲过看麦娘等草药的故事。看麦娘长在麦田里，样子和麦苗差不多，能治疗水痘、肝炎等病，它还有攻毒的作用，所以麦田里有看麦娘，麦苗不容易患虫害。但是农人除草时，都把它当害草除掉，认为它夹杂在麦苗里长，容易影响麦苗的长势。外公说其实叫它看麦娘是有道理的，它在麦田里伴着麦苗成长，等到麦苗一点点往上蹿时，看麦娘就不长了，慢慢萎缩，把阳光雨露尽可能地留给麦苗，就像麦苗的奶娘一样。

　　我识了几种药草后，有一次在外面玩，就把看到的一种药草拔下来，塞了两口袋，到家掏出来交给外公。外公捋了捋山羊胡子笑着说，你以后不要去拔这些草了，外公去年晒干的还有不少呢，让这些草留在地里活过一秋也是好的。外公教导我：天上地下的许多东西都给人带来了用场，它们对人是有情义的，我们要懂得爱惜它们，用它们时要有分寸，不能浪费糟蹋。

　　我8岁时，外公去世了，如果从我懂事有记忆算起，他老人家也只陪了我三四年光景，但童年时的这段成长经历，对我的一生影响很大。工作后，我陆陆续续购置了一些中医典籍，闲暇时会翻看，一本《汤头歌》更是长置案头。去年90多岁的老妈咳嗽了好一段时间，服了些药也不见好。后来我根据古方，熬制成一款药糖，切成糖块，让她每日含在嘴里试试，想不到效果竟然不错。老妈表扬我说，你倒有点像你外公了。

　　一晃几十年过去了，我的脑海里还时常浮现外公的模样，有时做梦还会梦到老家的那些花草树木，醒来时仿佛空气里也弥漫着旧时光里花草的熟悉气味。

（摘自《读者》2021年第9期）

共 伞

洛 夫

共伞的日子
我们的笑声就未曾湿过
沿着青桐坑的铁轨
向矿区走去
一面剥着橘子吃
一面计算着
由冷雨过渡到喷嚏的速度

　　这首小诗意象单纯，语言浅近，情感则淡中见浓，别有兴味，近乎唐人绝句的手法。诗写于1981年，但诗中的事件则发生在1961年，时隔20年才得以成诗，这份情感为何能蕴藏那么久，连我自己也说不清。不过有一点可以肯定，即当时我的确有过那么一段宁静而温馨的生活。

那时结婚不到半年，我在台北市区工作，而犹带新娘味的琼芳则在台北郊区平溪乡的小学教书。每逢周末，我便搭乘火车前往平溪与她相聚，及至星期一早晨，留下两天的欢愉和一包换洗的内衣，再搭车返回台北上班。数年如一日，风雨无阻。

平溪是一个矿区小镇，当时因交通不便，外来的游客不多，但众山环抱、碧树连天，风景绝佳。

妻在小镇街尾租了一间小楼，楼外是一条狭巷，巷尾就是铁道的终点，偶尔有运煤的小火车轰隆而过，平日不免吵人，周末则十分安静。小楼右侧是小镇上唯一的一条街，全由青石板铺成，雨后特别清亮，穿着木拖鞋踢踢踏踏走过，衬托得这小小的山镇格外孤寂。

黄昏时，妻常陪我上街闲逛，顺便买点小菜回到小楼做晚餐。有时在街边买一包橘子，沿着长长的、懒懒的铁轨散步，一面聊天，一面剥橘子吃，还把橘皮往对方的脸上扔，就这么笑着、闹着，一直漫步到另一矿区青桐坑为止。有时半途遇雨，便撑开雨伞，共拥一个甜美而神秘的小天地，两个人默默而行，在微雨中走了很久，及至被一声喷嚏惊醒，才发现伞外一片幽暗沉寂。远远望去，小楼上的灯火闪烁，似乎在招手，呼唤我们回家。

在伞因两个人共用而显得更圆的时候，你会突然发现世上的道路并不像一般人想象的那么漫长而崎岖。

（摘自《读者》2021年第18期）

少时出远门

严 明

以前玩乐队时，键盘手是个文弱的人，在电厂工作，来自农村。有一次闲聊时，他说起自己的家庭："我的父亲也是个特别老实的人，他最大的过错就是把我和弟弟培养得这么胆小。"

这句话让我印象很深。回想一下，我在县城中学教书的父亲也是一样——本分至极、老实至极。他曾经最大的追求就是把我培养成一个和他一样，可以旱涝保收的教师。

上初一时，我因脚踝患上骨髓炎，休学一年。父亲在报纸上看到山西稷山县有一家民办的骨髓炎医院能治这个病，于是下定决心背着我日夜兼程前往。那时候的绿皮火车都是很慢的，而且需要多次转车才能到达。父亲自己也从没出过远门，还要带着行动不便的我四处奔波。那时我虽已上初中，却还是懵懂无知，一直晕乎乎的，什么忙也帮不上，只是作为父亲沉重的负担在他的肩上趴着。每到一地,他把我放在一个地方,就去焦急地问询车次的事,还要去买吃的。看着他忙碌而紧张的样子,我第一次感觉到出门是一件很艰难的事。

到郑州火车站是第一次转车,但时间有一夜间隔。父亲没什么钱,住旅社根本不在考虑范畴之内,于是决定在火车站过夜。父亲先在郑州站内一番查看,然后回来背我,说发现有一个母婴候车室不错,那儿人少。于是,父亲背着我进了母婴室,匆匆忙忙在一个大柱子边上铺开一张小席,带着我枕着行李睡下了。

早晨,躺在那儿一睁开眼,就发现脑袋边上全是人的脚在走来走去,好像他们的鞋子随时会踩到我们的耳朵。原来是车站热闹的一天开始了。父亲恐慌着起身,看行李还都在,便收拾了铺盖,带上我继续赶车。我又一次感觉到出门的不易,这次分明是狼狈。

接下来的火车沿着陇海线一直西行,来到陕西华山脚下一个叫孟塬的小站。我们下车,要在这里转乘第二天往北去的火车。

又是在车站过的一夜,不过这次有候车室的木板座位可以睡。我们早晨醒来时,发现这里不像郑州站那样,没有多少人。从环境上说,那是一个很可人的小站,车站像个大院子,南边可以看到华山,青色的,很美。还看得到当地人端着盆在车站里走来走去,原来是向旅客卖洗脸水,三毛钱一盆。是那个车站没有洗手池,还是人太多排不上队,我已不记得了,但肯定是没法儿洗脸,才有了这种生意。我好像问了父亲,我们买不买?我看到父亲低着头,沉默着。然后他抬起头,最终决定买上一盆,我们俩洗了把脸。

往山西去的火车傍晚才来。车行不久经过一座大桥时,父亲喊我:"看,到风陵渡了,桥下是黄河。"从车窗往下看,记得当时的景象令我震撼：宽宽的河滩几乎与河面齐平，逆光中反射出一些灰亮亮的光。那些可能原本停在桥上的鸟被火车惊飞，在河面上空盘旋。远处的夕阳，怎么可以那么大，那么美？

那是年少时的我最远的一次远行，那景象也算是奔波中最难得的激荡了。

幸运的是，那医院真的为我的病开出了良方。住了一段时间医院，为了省钱，我们带着药方和一些药回乡继续治病。

父亲又背着我一路转车回来……

前年冬天，时隔二十年后，我来到风陵渡黄河岸边拍照。虽然风陵渡已不似当年模样，但我还是百感交集，在南岸正在修建度假村的工地上走着，浮想联翩。从当年的第一趟远门，到现在，中间不知道隔着多少趟远门。从当时的胆小害怕，变成后来的家常便饭。时光匆匆流去，那个少年正轰然老去。我想，将来我也会带我的孩子一趟趟出门，来这些地方，早早地教会他生存、跋涉，让他不再害怕。我不知道苦难是不是成长中的必需品，但是我愿他经历的每一件事，都让他不断地放大胆量。也许这个时代的孩子根本就不会胆小，胆大的人，才会不那么愁苦艰难吧。

就在去年夏天，儿子跟他妈妈回老家过暑假。准备返回那天，我接到儿子的电话："爸爸，我们在火车站，准备上火车了。"我说："好呀，耐心候车，注意安全哦。"

"爸爸，爸爸，火车来了，正在开过来，还有50米……40米……"

"赶紧挂断电话！看好行李，跟着妈妈上车！"我近乎怒吼起来，吓得他赶紧挂机。我没想到火车开进站台时他还有心思这样跟我通话！在我脑海里，火车缓缓驶来的时候可能是人生中最让人揪心的时刻，必须高度注意，严阵以待。转念一想，我为什么要吼他呢？他那时候还敢那般轻松地跟我通电话，说明他全然不知道害怕。就让他如此无畏无惧地出去再回来不好吗？为什么还要吓他呢？为什么要把他吓怕了，再告诉他不要怕呢？时代造就的焦虑，让我脑子里的弦都快绷断了，应该让下一代人从最初就免于恐惧。

生存的全部秘密就在于无所畏惧。

像我这样从小地方出来的人，又是从那个时代、那样的家庭走出来的人，大抵是缺少见识的，做事自然缺少些胆识。只懂得在被动困顿中坚持本分、顽强自救，许多有着开拓可能的事，做不出来，也不敢做。许多可以说的话说不出来，也不敢说。面对自己，我总是得出这样的判断：像我这样的人，就算再努力、再磨砺，顶了天可能也就成为一个"艺高而胆小"的人吧。

这几年，我经常去郑州，经过火车站时，我总想去找一下当年我和父亲打地铺睡过的那个母婴室。郑州站二十年前就建得特别大，现在仍没有变，但每次我也总是"匆匆"或内心里以"匆匆"为借口而未能成行。我怕想起曾伏在父亲背上看着他的每一步艰难，怕想起他问路时的焦急神色，怕想起他花钱时的每一次为难。

我怕当真再次到那儿时，会禁不住流下泪来。

在我练得什么都不怕时，我怎么又怕了。

（摘自《读者》2020年第23期）

母亲的放弃

三秋树

一

从湖南安化县高明村到安化县城，然后从安化县城到长沙，再从长沙到大连，将近三千公里的路途，罗瑛坐了两天一夜的车。本来，大连方面让她坐飞机，可是一听价钱，她觉得还是能省就省吧。沿着儿子韩湘上学的路，最远只去过镇上集市的罗大妈东打问西打听，总算上对了车。

坐在座位上，汗还没擦干，罗瑛的眼泪就掉了下来——不出来不知道，世界这么大。她的湘儿从那个穷乡僻壤走出去，真是太不容易了。

两年前，乡亲们在村口敲锣打鼓地给湘儿送行，嘱咐他："好好读书，将来接你妈去城里享福。你妈一个人把你拉扯大，不容易。"

两年后，乡亲们在村口含着眼泪给罗瑛送行，告诉她："一定不能放过那个撞人的司机，他把你们这个家都给毁了！"

乡亲和亲戚有要陪罗瑛去大连的，可是，她想了半天，还是拒绝了。她怕人一多，她的心就乱了。

二

到了大连火车站，湘儿的老师、同学，还有公交集团的领导以及那个肇事司机小付都来接她。公交集团和校方都为罗瑛安排了宾馆，可是罗瑛却要求去司机小付家看看，让其他人先回。

对于罗瑛的要求，大家唯一能做的就是满足。公交集团领导对小付说，不管人家怎么闹，你都受着。人家唯一的儿子没了，怎么闹都不为过。

罗瑛去了小付的家。五十平方米不到的房子，住着一家五口——小付的父母和小付一家三口，孩子刚上幼儿园。就在小付的媳妇不知道该跟罗瑛说什么好时，罗瑛说："你们城里人住的地方也太挤巴了。"

罗瑛的话让小付媳妇的眼泪一下子就下来了，她借机诉苦："从结婚就和老人在一起过。都是普通工人，哪买得起房子？一平方米一万多的房价，不吃不喝两辈子也买不起。"罗瑛惊呆了："一万一平方米，就这跟鸽子笼似的楼房？"小付媳妇说："可不是。小付一个月工资两千不到，一个月只休三天，没白没黑地跑，跑的公里数多就多赚点，跑的公里数少就少赚点。从干上公交司机那天起，就从来没有睡到自然醒的时候，生生落下一个神经衰弱的毛病。这些年，他也没跟家人过过一个团圆的节日。现在可好，又出了这么大的事故……"小付媳妇干脆放声大哭起来。

罗瑛见状，赶紧对小付媳妇说："姑娘，大妈想在你们家吃顿饭。"小付媳妇赶紧擦干眼泪，忙不迭地让小付出去买菜。可是，罗瑛坚决不同意，她说："家里有啥就吃啥。"

吃完饭后，罗瑛要去湘儿的学校看看。从进门到走，关于湘儿的死，罗瑛一个字都没提。

三

湘儿的同学领着罗瑛，把湘儿生前上课的教室、睡过的寝室等有过湘儿足迹的地方都走了个遍。校方为罗瑛组织了强大的律师团，主要目标有两个，一是严惩肇事司机，二是最大限度地争取经济赔偿。

罗瑛没见律师团，只是把湘儿的系主任叫了出来，跟他说："湘儿给你们添麻烦了。我还得继续添个麻烦，帮我联系把湘儿的尸体早些火化了。再派一个和湘儿关系最好的同学，领着我和湘儿把大连好玩的、他没去过的地方都转转。其余的事，我自己来解决，不能再给你们学校添麻烦了，也不能再让孩子们为湘儿耽误学习了。"系主任还想说什么，罗瑛说："湘儿昨晚托梦给我了，孩子就是这么说的，咱们都听他的吧。"

罗瑛把湘儿的骨灰盒装在背包里，像抱着一个婴儿那样，用一天的时间把滨海路、金石滩和旅顺口都走了一遍。

一天下来，湘儿的同学把眼睛都哭肿了，可是，罗瑛一滴眼泪都没掉。湘儿的同学对她说："阿姨，你就哭出来吧。"罗瑛说："湘儿4岁没了爸爸，从那时开始，我就没在湘儿面前掉过眼泪。孩子看见妈妈哭，那心得多痛……"

四

　　第二天，校方四处找不到罗瑛。原来，她一个人去了公交集团。对于她的到来，集团做好了各种准备。他们已经将公司按交通伤亡惯例赔偿的钱以及肇事司机个人应赔付的钱装在了信封里。家属能接受就接受，接受不了那就走法律程序。

　　为了不使气氛太激烈，集团领导没让小付露面，几个领导带着一个律师来见罗瑛。领导们做好了罗瑛痛不欲生、哭天抢地的准备——从下车到现在，罗瑛表现得过于平静，他们知道，这是暴风雨来临之前的平静——反正他们人多，每个人说一句好话，也可以抵挡一阵。有些事情，磨，也是一种办法，尤其是这样的恶性事故，就更需要用时间来消解。

　　罗瑛和公交集团领导的见面没超过十分钟，掐头去尾，真正的对话不过五分钟。罗瑛说："我请求你们两件事。第一件，希望你们别处分小付师傅；第二件，小付师傅睡眠不好，你们帮我转告他一个偏方——把猪心切成片，再加十粒去核的红枣，拌上盐、油、姜煮熟，早晚热着吃，吃一个月左右，肯定管用。"

　　集团领导一时反应不过来，罗瑛顿了顿，说："湘儿给你们添麻烦了。"

　　罗瑛走了，对集团领导非要塞给她的钱，她怎么也不肯收："这钱我没法花。把小付师傅的那份儿还给他，其余的你们给司机们吧。城里车水马龙的，行人不容易，开车的也不容易。"

五

　　罗瑛走了，比来时多了一件东西，那就是湘儿的骨灰。她小心地把湘儿抱在怀里，看上去像一尊雕塑。

公交集团上上下下全震惊了。不久，集团出资，买了整整两卡车的米、面、油向高明村进发。尽管走之前，他们知道那是湖南一个偏远的农村，可是，到了目的地，还是被那真实的贫穷惊呆了——破败的房屋与校舍，孩子们连火腿肠都没见过；罗瑛家的房屋由几根柱子支着，摇摇欲倒。

罗瑛带着公交集团的人，挨家挨户送米送面送油。她说："你们看，我说得没错吧，这些人的心眼儿好着呢。"

一行15人，走的时候除了留下回去的路费，把其余的钱全拿了出来，大家恨不得把罗瑛一年的吃穿用度都给准备好。

时至今日，那场车祸已经过去5年了，但依然有大连人络绎不绝地来到高明村，不光是公交集团的人，还有对此事知情的其他人。他们不光去看望年岁渐长的罗瑛，也为那个村庄做着力所能及的事——投资、修路、建新校舍……

湘儿是寡妇罗瑛这辈子最大的骄傲……但正是这位母亲的放弃，让一个悲剧有了昂扬的走向，有了最出人意料的后来。

（摘自《读者》2011年第15期）

流泪的怀念

李 军

国庆期间本不准备回西安老家,但假期快结束时突然感到心里不安,想着应该再去看看患病的母亲,虽然不久前刚回去看过她老人家,但不知是一股什么样的力量,让我鬼使神差地踏上了回家的路。

母亲仍然用她那迷茫的眼神看着我。自从她患病以来,她的眼神就越来越迷茫,一直到最后连自己的儿子也不认识了。虽然每次看到母亲心情难免沉重,但我每次见到她,心里总是生出许多温暖。我喜欢把母亲抱到院子里晒晒太阳,替她老人家梳梳头,给她喂水喝,抚摸她枯瘦的手。我们就这样静静地待着,想起小时候母亲拉着我的手,去小镇上赶集时的一幕幕情景,泪水就会不由自主地从我的眼眶里缓缓地流下来。这次见到母亲,没有带她到院子里晒太阳,大哥说最近母亲的身体很虚弱,外面天气冷,容易感冒。我就只能在屋里安静地看着母亲,上午的阳光从窗外透进来，慢慢从我们母子身边滑过。在我要返程回广州的时候，母亲还是像往常那样没有说话，只是用吃力的眼神看着我慢慢地离开。

第二天我回到广州，刚走进家门，行李还没有来得及放下，就接到我二嫂的电话：母亲走了！那一刻我突然懵了，背着行李站在家里半天说不出一句话来，任凭泪水恣意地流淌着。虽然我知道这是真的，但心里仍然希望这不是真的。难道冥冥中母亲就是等我回去看她最后一眼，传说中的神奇事情真的变成了现实吗？

在我们家三个兄弟中我排行老三，母亲最疼爱我，大哥二哥都当过兵，唯有我一直和父母生活在一起，直到前些年因为工作原因调到了广州。父亲去世早，母亲每年都会来广州住几个月。去年母亲的病已经比较重了，但还是坚持在广州住了一个月。

母亲从小性格倔强。15岁时由家里做主和父亲定了亲。那时父亲参军在部队，17岁那年，母亲背着家里独自一个人一路打听寻到了父亲的部队。中华人民共和国成立后父亲还在部队工作，而母亲被安排在地方政府机关工作。母亲是一个非常聪明的人，上中学的时候成绩很好，曾考过全县第三名，后来由于家里穷没有钱继续读书，才跑出来找父亲。20世纪60年代初期，母亲曾获得过省级的劳动模范称号，并担任陕北一个县的妇联主席。后来我的妹妹在1岁多的时候得病，一直无法治愈，医生也一直劝说放弃治疗，说最多可以活几年。母亲不信，毅然改行学医。她把自己最美好的年华都倾注在了给妹妹治病上，虽然最终也没有治好妹妹的病，但在母亲的呵护下，妹妹一直活到了24岁。如果母亲不改行，也许她在事业上会有一个大的发展，但母亲一点都不后悔，她说既然老天把妹妹带到了我们家，我们就要好好地待她，要对得起这个生命。妹妹走后，逢年过节母亲都会带着我们给妹妹烧纸。她说照顾妹妹虽然很辛苦，但没有人知道，她其实也很幸福。

我们家的3个孙子都是母亲一手带大的。当孙子们一个一个上学、工作后，只留下了孤独的母亲。虽然母亲从不说，但我却可以感受到母亲晚年时的孤独和无奈。我们兄弟天各一方，因为工作忙，虽然有心却无法尽心尽力，母亲也从不麻烦我们。我每次回家给她买的衣服她都舍不得穿，总说她的衣服很多不让我再买。给她钱她也总是不要，说她一个人钱够花。因为母亲退休早，她的退休工资仅有几百元，但她一个人省吃俭用，从不要我给她的钱，反而经常给我寄钱。虽然每次几百元对我来说微不足道，但那却是母亲一年里省吃俭用的全部积蓄，是一个母亲对儿子的慈爱之心。每次收到母亲的汇款单时，脑海里总是浮现出她一个人颤颤巍巍在邮局里填写汇款单的情景，来自母亲的这份爱，每次都让我忍不住泪流满面。我想不出在这个世界上还有什么爱比母爱更伟大、更无私。母亲不但给了我生命，还给了我享受不尽的母爱的温暖。我曾想过，母亲给我的这份爱我这一辈子肯定是还不完的，那就让我把这辈子欠母亲的，在下辈子加倍地还给她吧。

送母亲走的那天下着大雨，我们儿孙们在一起为母亲举行了一个小型的送别仪式。母亲静静地躺在花丛中，就像刚刚睡着一般。儿孙们围着她，对她轻轻述说着她这一辈子的故事，有苦、有乐、有笑、也有泪；有她拉着我的小手上学时早晨的明媚阳光，有我趴在她背上走向黄昏时的梦里的呓语，有她站在大门口等待娃娃们回来时不断张望的身影，也有我们一大家人在一起时那些难忘的幸福时光。母亲一生中都在送我们，从小学到中学，再到大学，再到工作，再到我来广州，在对母亲的怀想中，总会浮现出一次次相送的情景。而最后这一次却是我们送母亲，我们给母亲身上撒满花瓣，看着她慢慢地从我们的视线里消逝。在那一刻，我疼痛的心、替她担忧的心突然间释然了。我知道，母亲一辈子勤劳辛苦、满怀爱心、与人为善，心里总是牵挂着孩子们，唯独没有她自己，所以她在黄泉是不会寂寞的，她可以不再受病痛的折磨，她可以和父亲、妹妹相会了，他们在一起一定会快乐、幸福的！

母亲一生不愿意给别人添麻烦，只要自己能做的，绝不麻烦别人，即使自己的儿女她也不愿意麻烦。母亲的墓地是她自己在生前选好的，并办理完了所有的付款手续。寿衣也是她自己生前背着我们自己置办好的，包括盖脸的手帕、绑脚的麻绳，每一个细节都想得很周全。她把自己的遗像也放大后装好镜框，并用黑布缠好，最后把这些都放在一个包袱里绑好，放在家中的柜子里。在她去世前最后清醒的时候，她才把这一切告诉了大哥。母亲啊！你怎么连送你最后一程的事情也不让我们替你操心？你怕麻烦你的儿女，你的心里只有儿女，唯独没有你自己，你让我们这些做儿女的惭愧得无地自容啊！

母亲走了，也带走了我们永远的遗憾。从此，远离家乡的我少了对母亲的牵挂，却多了一份对母亲无尽的思念。母亲在时，每次回西安感觉都那么亲切，脚步是那么匆忙；母亲走了，感觉西安突然变得那么遥远、那么陌生，脚步是那么沉重；母亲在时，我感觉自己还是个孩子，因为我有妈妈在，我可以叫妈妈，在母亲眼里，我永远都是她的孩子；母亲走了，我突然感觉自己没有天了，没有妈妈可以叫了，一下子变老了许多。这一刻我很羡慕有妈妈的每一个人——你可以爱妈妈，妈妈也爱你，有妈妈的爱和爱妈妈是一件多么幸福的事。

（摘自《读者》2011年第15期）

最后的早餐
妞　妞

一

不知道还有谁记得2012年7月山东临沂市的那场大雨。

雨是在晚上9点多下起来的，彼时，我刚刚自医院回到住处，关上门后，听见雨打窗棂的声音。几分钟后，暴雨如注。

一整晚，雨滴和雨滴之间便再也没有了任何间隔，那种声音的紧密，在某个瞬间，带给我几乎无声的错觉。

整夜未眠，期待着它可以停下来，在天亮之前。

终究是未能如愿。4点半，雨势似乎渐弱。我去厨房，用微波炉熟练地蒸了3只鸡蛋。蒸好后，倒入保温桶，在上面撒了厚厚一层白糖。

平常，是6点钟准时把鸡蛋蒸好，6点一刻出门。但这样的天气，无法借助任何交通工具，只能步行，所以，要早早出发。

换好衣服——T恤和短裤，平底凉鞋，为简捷方便。然后把保温桶放入斜挎的背包，挂在左肩，右手撑起一把伞，5点钟准时出门——计算了一下路程，步行一个半小时应该足够。

下到一楼的时候，看到楼道里涌进的积水，踩过去，推开楼道的铁门，整个小区已是一片汪洋。

往前，积水顷刻没过了小腿。

二

蹚着水走出小区。这个城市东高西低，小区在中央的位置，街道已犹如湍急的河流，水自东向西，急速地奔涌。街道两旁的门面房，齐齐陷在河流里。

简单目测，水深至少半米。

试探着踏进水流，水面立刻没过膝盖，到了大腿的位置，打湿了短裤的裤边。街灯昏暗，除了雨幕中灰蒙蒙的建筑物和这条漫长不见尽头的河流，没有车辆和行人，没有任何其他声音。

我必须逆水前行。

走到第一个十字路口，八一路口，用去大约半个小时的时间。天色已微亮，那种被阴暗笼罩的光线，依然让人觉得沉闷和压抑。

看着没有尽头的四下涌动的水流，心底忽然生出深深的恐惧，若是哪一处有丢失了盖子的窨井，一脚跌进去，恐怕很久不会有人知道也不会有人寻到吧？

陡生的念头让我的身体开始在水中打战。但也只是那么一刹那，我便将这个念头抛掉，继续前行。

短裤已经完全湿透，深处的水已至腰部，湍急处，水流和身体撞击后会泛起水花打到T恤上，我尽量抬高左肩，不让雨水打到保温桶上——虽然知道无碍，潜意识里，还是怕会把鸡蛋羹弄凉。

三

过了八一路，继续向东，挪到沂蒙路的时候，也终于到了地势略高处，水流依旧湍急，但水深明显下降，露出了膝盖。

看了看时间，已经6点半，也终于看到同我一样在这样的天气里出行的三两个人，撑着伞蹚着水艰难前行。

沿沂蒙路向东，走了几百米后，在市政府的门口，远远看到有保安站在路边。快走近时，他边比画边冲我喊，两米之外有台阶，留神别摔倒。

我放慢脚步，小心试探前移，果然探到一个略高的台阶。

小心迈下去，路过他身边时，他说已经站了一早上，生怕有行人在大门外这一左一右两个高台阶处出意外。"还好，一早上也没过几个人，"他问我，"姑娘，这样的天不在家待着，出来干吗呀？单位放假，学校停课。"

我笑笑，没有答，只是谢过他，继续朝前走，并用力加快了在水中的脚步。

终于到达东端的沂州路，到达这个城市的高处，终于看到了路面。行人也渐多，看看时间，已是7点钟。两公里的路程，我走了整整两个小时。

这时，雨已经彻底停了。收起伞，我开始下意识奔跑。皮凉鞋在脚上觉得很重，跑了几步我把它们脱下来，和手中的伞一起丢掉。也不知道还有谁记得那天早上，临沂市的沂州路上，一个女子穿着湿漉漉的T恤和短裤，光着脚，抱着一个保温桶在被雨水冲刷过的柏油路上奔跑。

四

终于在15分钟后，我跑到了目的地——临沂市人民医院。在呼吸科二楼的住院部，右转第一个病房，我冲进去时，一屋子的病人、病人家属及换药的护士，全都愕然地看着我。

我望向靠近窗边的位置，哥哥正用毛巾给父亲擦手。然后哥哥也看到我，那么不动声色、沉得住气的男人，眼睛一下就湿了。

他转开身去。

我抱着保温桶走到病床边，喊了一声，爸。

父亲看着我笑起来。没有愕然，没有惊异，甚至没有说我浑身湿透的狼狈。他的脸上，只有笑容，虚弱到极限的笑容。然后，他轻声问我，放糖了吧？

放了，放了很多，保证甜。我拉过凳子坐在床边，打开保温桶。两个多小时后，嫩嫩的鸡蛋羹依然发出暖暖的热气。可以嗅到味道的香甜。

我一勺一勺盛起蛋羹，慢慢喂给父亲吃。

甜吗？

他点点头。好吃。他边吃边笑。

一下子，我如释重负，此时才感觉腿上和脚上有几处尖锐地痛起来。低头，看到腿上、脚踝处和脚背不知被什么划出了清晰的血印。然后，浑身力气耗尽般地疲惫到整个人几乎瘫软。

那个夏天，短短一个月的时间，我的体重从53公斤降到45公斤。但是，这一场艰难的"跋山涉水",我竟然丝毫没有觉得累,前行的力量满满的。

直到这一刻。

我累了。

父亲似乎也是,吃了几口之后,缓缓地摇了摇头。

五

那是父亲入院的第39天,他已经虚弱到除了微笑,连挪动身体的力气都不再有。那段时间,每天早上,他只吃蒸的鸡蛋羹,并且,要放很多糖。他只要吃甜的。

于是每天早上,我早早把蒸好的鸡蛋羹送到医院,6点半左右,喂给他吃。

那是父亲一天中最重要的一顿饭,因为吃饭对他来说,已经非常艰难,每次吞咽,都会影响到他的心律和呼吸,一顿饭,要用去很长很长时间。所以这一顿早餐,这碗甜鸡蛋羹,重要性已超过任何昂贵的药物,是它们的能量,在延续着父亲最后的生命。

所以,这一顿早餐,值得我付出一切来送达。

这一次,父亲却没有能够吃完这一小碗鸡蛋羹,尽管他说"好吃"。

然后,父亲亦无法再进水和说话。两个小时后,他陷入昏迷。

当天下午,在被接回家20分钟后,父亲去世。

那场下在他生命中的最后一场雨,新闻里说,60年不遇;那顿他最后的早餐,跟着我在雨水里跋涉了两个多小时的鸡蛋羹,是甜的。他说,很甜。

很多年前,奶奶说过,一个人最后吃的东西是什么味道,下辈子过的,就是什么日子。

所以，老家有风俗，人过世之前，弥留之际，亲人会放一口白糖在他口中。

那么，冥冥之中，我是预感到这是父亲的最后一顿饭吗？所以才不顾一切地，要在这个雨水淹没城市的早上，赶到他身边，给他送这一碗甜鸡蛋羹？而他，耗尽最后的心力一直等到了我，等我来完成做女儿的最后使命。

这是他和我，一对父女，从没有过任何约定的一场人生最重要的约会。还好，我们都没有爽约。

（摘自《读者》2013年第23期）

贫寒是凛冽的酒

王 磊

　　我家在蓝靛厂住的时候，附近有军营，每天很早就会有军号响起，冬季天亮得晚，恍惚觉得每一次号响都是在半夜，我也随着那号声，被父母推醒，冻得瑟瑟发抖。

　　朦胧中的军号声，空气中的煤烟味，就是我在14年前关于北京冬天最初的印象。

　　之所以要这么早起床，是因为那时的体育课有1000米跑，中考也有这一项。父亲便陪我每天早起跑步，我常常睡眼惺忪地跑在蓝靛厂荒凉的路上，一路上总是被父亲拍脑袋叫我跑快点。

　　在那些街灯照不到的路上，我和父亲往往只能听到彼此的喘息和脚步声。很多年以后，我每次在黄昏陪着父亲散步，都会记起当年的与父之路，想起那些年我的长跑总是满分。

父亲那时候是把全部的希望都押在我身上了。他从县国税局辞职下海，到北京做生意，带着妻子和儿子，家里全部的现金给我交完赞助费就剩下1000元了。很多人问我们当初为何那么意气用事，抛弃县城的优渥条件，北漂来受苦。父母会说，怕孩子将来考上好学校却供不起，怕考到好学校我们也不认得门。再说到根上，父母会说，因为读书少，没多想。

所以，当我在北京的第一次数学考试才考了79分，父亲在夜里得知后摔门而出，立在院子外面，抽烟望着远方，气得夹烟的手都在颤抖。那是我见过的父亲关于我的最失望的背影。

在我小学毕业后父母带我来北京玩，之后就没回去。在天安门广场，父亲问一个捡瓶子的人一个月可以挣多少，那人说2000块。父亲说，可以留下来，留下来捡破烂都能活。因为当时父亲的工资才800元。

现在大家都往公务员队伍里挤，虽然说那时已接近下海浪潮的尾声，可父亲当时以优异的业绩炒了公家的鱿鱼，还是震动家乡，以至于我们那个县盛传着谣言说我父亲是到北京来贩毒的，否则没有任何理由可以解释。

贩毒什么的，聊供笑谈吧，当初我们是连暖气都烧不起，每天要砸冰出门的，因为晚上呼出的水蒸气会把门死死封住。这个恐怕很少有人体验过吧。第二年更是穷得过年只剩200块钱，连老家都回不去。

但那个时候，终究没饿死不是。我母亲说北京人傻，吃鸭子就吃皮，留下个那么多肉的大鸭架子只卖两块钱一个，所以母亲就常买鸭架子给我吃。我不记得自己吃了多少，母亲说那时候我蹲在门口就能吃下一整只，她看着特别开心，但还是总后悔那时候没给我补好，害我个头没有长得像舅舅那么高。

母亲还会买将死的泥鳅给我吃。她说泥鳅早上被贩到菜市场，颠簸得都会翻白肚子，看起来像死的，所以才卖一块钱一斤，母亲就把它们买回来，用凉水一冲，不一会儿就都活了。

其实即便是死鱼又有什么关系，几十年前去菜场买鱼，能有几条是活的？去年看电影《女人四十》，里面的母亲买鱼也是在等鱼死，好像还趁卖家不注意使劲拍了那鱼几下。要是这段子搁在相声里会让人大笑，我听到也会哈哈大笑，但转念就想到母亲当初买将死泥鳅的情景。

母亲买回泥鳅后会把它们收拾好，晒到屋顶上，晒干了就存在瓶子里慢慢吃。

有一回母亲穿着拖鞋上屋顶，下来时滑倒，大脚趾戳到铁簸箕上，流了好多血。一连一个月，我每过几天就搀扶着母亲到医院去换药，走过的四季青路，也是我同父亲跑步的那条路。

那条路现在完全繁华了起来，一点当年的影子都找不到。当年那条路的样子我也不记得了，因为，要么是在黎明之前跑过，要么是挽着母亲时经过。挽着母亲的时候，我的心就像她的脚一样疼，哪里会注意到周围。

当年住过的小屋，我却记得清清楚楚，记得电饭锅里的锅巴香，记得书桌被热锅底烫过的油漆味，还有后窗飘来的厕所的味道。

家里就两张床，一张桌子，一个电灯，一口锅，最高级的电器是我学英语不得不用的复读机，那也是我们全家的娱乐工具，一家人吃完饭总要围着它唱歌录音。父亲有时候出差，两三个月都不能回家，想他的时候我就抱着复读机听他的歌声。有一回我半夜在外面的厕所里听，母亲穿好大衣跑了出去，以为是父亲回来了，却发现我抱着复读机从厕所里出来，她骂我神经病。

还有一次我踩翻了晾在电饭锅里的开水，烫了一脚的泡，哇哇地哭，母亲抱着我也一个劲儿地哭，心肝宝贝地喊。那么大的北京，好像就我们这一对母子，母亲哭喊着："真对不起，对不起，好好的干吗到北京受这份罪呢？要是在老家，哪里会这样。"那倒是真的，我们用电饭锅煮开水，不就是为了省下一个热得快的钱么？

但忧患就是如此，会让相亲相爱的人抱得更紧。父亲在日后与我散步时曾对我说，那时他与母亲比新婚时还要恩爱。有太多的夜晚，他们都会愁到失眠，但是可以相依为命。

可我毕竟年少，对于当时的贫穷并没有太多的感受，很多时候都是嬉笑着就过去了。比如我没有钱买第二套校服，我却需要每天都穿它，没办法的时候就在锅里炒衣服——校服洗过放到锅里去炒干。我很擅长这种技艺，我可以告诉你如何不把衣服炒皱，如何不把拉链炒化。

后来才知道，原来不止我一个人炒过衣服，我表弟被大舅、舅妈带到上海打工的时候也炒过衣服。当时大冬天的，弟弟掉到泥沟里，舅妈只好把弟弟脱得光光的，裹在被子里，一整天都在洗衣服炒衣服。

去年大舅还专程到上海把他们当年租过的小房子拍下来，那样的一个窝棚，大舅却看得深情脉脉，感慨万千。

我小舅也闯过上海滩，他睡了半年的水泥地，冬天就是盖着报纸睡。当初大舅跑到上海去看小舅的时候，两个人抱头痛哭，可他们就是不回去，混不出个样子就是不回去。

好在后来大家都富裕了。

前几年，有一部电视剧热播，叫《温州一家人》，播出之时，很多店面都到点打烊收看。

那是只有苦过、拼过的人才知道的滋味。温州人是富了，可有哪一个不是从赤贫闯出来的？中国人富了，可有几个人30年前手上有祖产，有几个可以号称是世家？不都是从零开始的？

但真正的财富，也许不是后来的富有，而是当年的贫寒；不是后来的安乐，而是当年的忧患；不是那些小家子气的冷暖自知，而是破釜沉舟的卧薪尝胆、咽辛啖苦。

贫寒像凛冽的酒，喝过才敢提着虎拳，往世上走。

（摘自《读者》2015年第17期）

# 反复告别的盛世情书店

李婷婷

怪 老 板

　　58岁的范玉福技校毕业,最高学历是电大本科,第一份工作是在北京公交公司的汽车修理厂做钣金,修汽车外壳铁皮。他后来开了一家书店,名叫"盛世情"。书店在北京师范大学东门对面,地上就15平方米,进门靠右往里走,还有半截在地下——55平方米,里面挤了十几个大书架,过道上堆着成捆没拆封的书,余下的空隙仅够一人穿过。电影学者左衡来逛书店,总感觉自己像踏进了《哈利·波特》里那条和现实世界只有一墙之隔的对角巷的某间小铺子,"破破的、挤挤的、乱乱的",而"老板怪怪的样子,卖一些特别神奇的东西"。

那里的常客是文学院的教授、电影学院的教授、语言学者、历史学者，还有导演张一白。北京师范大学文学院教授赵勇记得自己一进店，范玉福就会热情招呼："哎哟，赵老师，您老今儿怎么闲啦？您可是有阵子没来了。您要的波德里亚的书到货了，最近有本《知识分子都到哪里去了》卖得挺火，要不您也来一本？"

在社科院历史理论研究所研究员冯立眼中，北京有三大学术书店——万圣书园（店长毕业于北京大学），风入松书店（已经倒闭，店长是北京大学哲学系教授），以及盛世情书店。别看范玉福学历低，有人说："你跟老板说你是哪个专业的，他能开出的书单比你导师开出的还详细。"

作为一家社科学术书店，仅是给学术书籍做分类这件事，就足以显示书店店主的水准。有一回，一位文艺学方向的教授想买《权力主义人格》，到了盛世情，在文艺学、文艺理论、哲学、社会科学那几个书架上都没找着。后经人告知，这位教授才知道，这本书最初是心理学和传播学的研究成果，之后因为影响广泛才成为文艺学领域的经典。于是，他又去盛世情的心理学书架上找了一遍，那本书果然就在那儿。

冯立意外得知，范老板和自己的硕士导师一块吃过饭、喝过酒后，仅因为这点儿关系，范玉福就给了冯立更低的折扣。有时赵勇去买书，忘了带用于报销的公务卡，就跟范玉福赊账。某一天赵勇突然想起，之前赊的两三百块钱还没还呢，等赶去还钱，范玉福却忘了这茬事儿："是吗？什么时候？"

范玉福声称自己并不看那些深奥的学术专著，也没有时间看，他说："叫我老师都高抬我了，实际上我什么都不是。按道理来说，我就是一个服务人员……只不过具备基本的业务水平。你给别人服务，若人家问起来你什么都不知道，你怎么跟人打交道，别人怎么能认同你。"

2018年1月的一天，赵勇去盛世情书店，范玉福邀他一块抽烟，选的地儿不是往常的大门口，而是地下室一个5平方米左右的小房间。赵勇第一次知道还有这么个空间：一张双人床就填满了整个房间，墙沿高高地堆满了书。

赵勇靠在床头，范玉福靠在床尾，二人开始抽烟、聊天。说着说着，范玉福突然提起一本书，蓝英年教授写的《那么远那么近》，有关苏联作家的随笔集。"我们两口子都读了，写得真是好！"

赵勇表示自己没读过，范玉福再次恳切地推荐："赵老师啊，我觉得这本书您可真该读读。"回去当晚，赵勇就在家里找到这本书，读了一遍。赵勇在电话里告诉我："老范的品位还是不低的。"

2021年3月14日，盛世情书店要正式停业了，它的辐射也从新街口外大街去往更远处。范玉福贴在店门口的一封手写《致读者信》突然在社交媒体上刷屏："辛丑春，因近六十花甲，羸弱多忧。奈何子不承业，又罹诸孽，故不再寻新址，店即关停，安度残年。伴圣贤（书）及读者襄助，三十余载，受益良多，一介尘民，做喜欢且能安身立命之本，乃人生一大幸事。书店渐远，记忆永存，愿文化殷盛，人能祥和。"

"姿态得有"

书店关门第二天，北京刮起了沙尘暴。晚上6点，一位瘦高个儿、戴眼镜的中年男士站在紧闭的盛世情书店门口。他已经从北师大毕业十几年了，其实也只来过一两次盛世情，谈不上有很深的感情。但昨天他的朋友圈被范玉福的《致读者信》刷屏了，无论是导演、学者，还是一些普通的读者、一些北师大学生，都在为这个书店的关门而感伤。

其实这家书店开了22年，因为年久失修，光线昏暗，墙皮脱落，楼上漏水泡坏了书，天气一热蚊子就多，地下室里连手机信号都没有，环境并不宜人。书也越积越多，书架从地顶到天也装不下，像要溢出来似的，狭窄的过道堆着成捆成箱的书，一抬脚就可能踩到。有的地方干脆胡乱堆积成一座小书山，一旦被碰倒，整个地下室就乱套了。

可范玉福不在乎这些，他每天早上10点多就骑一辆小电动车来店里。他不是在书架间腾挪整理，就是弓着身子用那台十几年高龄的、已经泛黄的台式电脑搜集书的资料，有时晚上12点才回家。

2020年4月，北京新冠肺炎疫情还很严重，他也每天开店。那时生意萧条，但对范老板来说，只要有人来买，哪怕每天只卖10块钱，能吃上饭就行。2003年"非典"时期，他也开着店："只要我每天在这岗位上，就证明书店还在，我们还在抗争（就够了）……姿态得有。"

静闲斋书店老板王培臣曾告诉学者冯立，范老板（有时大家直接尊称范老师）眼光好又精明，非常会经营，虽然很有个性，但是大家都非常服气。冯立也写道，大家去丰台西南物流中心或者朝阳王四营挑书进货，如果碰到范玉福，同行一般会先让他挑书，有些图书供应商甚至会优先给他派货。

回到最初，范玉福只是北三环边一个摆摊的，三轮车上搭块板，板上摆着那会儿大家爱看的历史人物传记，一度也卖过漫画书。后来，地摊升级成一个铁皮棚子，能遮风挡雨了。飘摇了15年后，1999年，盛世情书店在北师大东门对面正式开张，而书店最初的定位就是主营学术专著。

书店占据了当时最好的位置。那时，中国电影重镇就在以北师大校区为中心的"新马太"地区（新街口、马甸、北太平庄三处的集合）。那时，新人导演张一白去"新马太"都是带着一种朝圣的心情。他在微博上写道:"每次去那里,都得顺道去盛世情书店,久成习惯……那个阶段,年轻而努力,对未来充满信心,为未来而充实知识。逝者如斯夫,不舍昼夜。电影重心已然东移,'新马太'的故事已成传说,买书也已习惯网购。"

头几年,盛世情书店在地上一层有100多平方米的店面,店里除了范玉福和他的妻子范巧丽,还雇了三四个员工。遇到开学季,书店收银台处得排上10分钟队。但2005年之后,随着网购的兴起,北师大周边的民营书店陆续倒闭,只剩下盛世情。

范玉福先是缩减了店面,从地上100平方米变成了地上15平方米,再附加一个地下室。接着又裁掉了所有员工,只剩下他和妻子两个人经营。再往后,他干脆把地上的店面转租出去,分别租给过文具店、足疗店、美甲店。临街大门上"美甲美睫"的粉色灯牌、"养生足道"的亮黄色招牌彻底包围了"盛世情书店"古朴的实木招牌。

盛世情书店没有被"非典"、网上书店、电子书击垮,却在2017年11月2日收到了一纸来函——北京电影洗印录像技术厂要中断和书店持续了20年的租房合同,限他们于当年12月31日搬走。范玉福为此失眠了,头上还斑秃了。他发了一封回函:"接到函后,感到十分意外,措手不及,本店已经和贵厂友好合作近20年,没有产生任何隔阂。"他还写道,家庭生活全部来源和财产都在店内的货物上,实际困难客观存在,无法搬走,因此恳请酌情考虑。

当时,《北京日报》记者路艳霞致电北京电影洗印录像技术厂,得到的回复是:"只是因为和书店的合同已到期,今年不再续租了,这是纯商业行为。"半个月后,《北京日报》发出对盛世情书店的报道,书店受到媒体和有关部门的关注,又活了过来。但范玉福始终信心寥寥,在店里一直挂着"撤店大甩卖"的标识。3年来,范玉福一直告诉来买书的读者,不想干了，这店随时要关门，至于什么时候关还不知道，"等信儿"。

解　　脱

　　书店关门当天下午，"理想国"发了微博，转发量超过5万。编剧史航也发了微博："虽然连告别都来不及说，但看到老板的告别信，觉得真好，社会人难有的风骨，文人还有。"张一白也写道："瞬间引发回忆——我的青春和我的读书生涯和那个瘦削、戴深度近视眼镜、说话嗡嗡的老板，六十后面的'花甲'二字，刺目且伤感。"

　　我是在书店关门后第5天晚上见到范玉福的。盛世情书店里突然亮了灯，我去敲门，范玉福套着围裙，正坐在空荡荡的书架和几个纸箱子之间吃晚饭。明天就是这间店铺正式交接的日子。范玉福说："这不在整理嘛，今天就完事了。我这些天一直没休息，在归置，多狼狈，你看。"

　　所有的书终于都被归置到三个地方：范玉福的家——"我家110平方米的房子，这些书现在基本得占用50平方米"，离书店不远的50平方米的半地下库房，以及最近刚租的20平方米的仓库。"解脱了，真解脱了，我在那个泥潭里拔不出来，有点沉浸在里面了。"提起已经关门的书店，范玉福没有丝毫遗憾。"（我）能被人家认可，尤其是被这些……读书人认可，我觉得知足了。这些读书人都不是一般的人，都是在圈子里有影响力的人，有话语权，你还想怎么样，人活一辈子，干一件自己知足、喜欢的事，那还不开心啊"。

　　原本他还指望两个儿子接管书店，但"时代不同了，人家有人家的生活方式"。两个孩子从小就不喜欢看书，也不常去书店，只在高中寒暑假时每天给50块钱才帮忙看店。但范玉福觉得，也不是非看书不可，"有（书店）这个环境的熏陶，土壤是肥沃的，就算你不读书，也能接触一些外边场合接触不到的东西，这里面没有铜臭，所以他们现在还像个男孩子的样儿，没有圆滑和狂妄自大"。

范玉福从小就跟随父母从马甸（盛世情不远处）下放到300里地以外的延庆县花盆公社，"山沟嘛，你知道"。多亏了知青们偷偷带去的书，以及小学三四年级时，老师任命他为图书馆管理员。"农村的图书馆能有多少书，但是对我来说，那就是一个打开世界的窗口啊"。

他解释自己为什么开书店："我也自私，开书店完全是为了自己能明白点事，说句不好听的，没裤子穿、吃不上饭我都不害怕，我就害怕思想没有改变，这是最可怕的，你这一代没改变，下一代还是这样，就不知道什么时候才能脱胎换骨。"

书店关张后，范玉福打算回延庆开民宿，老同学、老朋友都在那儿。民宿里当然要设个阅览室了。但范玉福并不打算把盛世情的学术书籍运过去，谁看《新石器时代考古》这么深奥的书啊？

他会继续在孔夫子旧书网上卖书，至于以后还进不进新货——范玉福像被看透心思，笑了起来："有合适的还接着进呗，就跟你们'双11''6·18'剁手一样，我得的就是这病，怎么办啊，治不了了。"

就算这辈子卖不完库房里那些书，范玉福也不打算把书留给两个儿子："你扔给他，将来你若不在，他们必然给你当废品卖了。"

曾有位来自沧州的老先生临终前给范玉福寄来了一箱书，那里有他保存的清代线装本《黄帝内经》和光绪年间的《诗经》，书脊都散架了，书页上都是虫蛀的痕迹。老先生此前只来过盛世情书店几次，和范玉福并不算熟识。"他觉得这些书放在老家会被糟蹋，一张纸也不会剩下"。

现在范玉福也计划好了，等他离世，就让孩子们把书全烧给他："我宁愿这些书跟着我走。"

（摘自《读者》2021年第11期）

父亲的白衬衫

梁　鸿

毋庸讳言，写这本书，是因为我的父亲。

在父亲生命后期，我和他才有机会较长时间亲密相处。因为写梁庄，他陪着我，拜访梁庄的每一户人家，又沿着梁庄人打工的足迹，去了二十几个城市，行走于中国最偏僻、最荒凉的土地上。没有任何夸张地说，没有父亲，就没有《中国在梁庄》和《出梁庄记》这两本书。对我而言，因为父亲，梁庄才得以如此鲜活而广阔地存在。

父亲一直是我的疑问，而所有疑问中最大的疑问就是他的白衬衫。

那时候，吴镇通往梁庄的老公路还算平整，两旁是挺拔粗大的白杨树，父亲正从吴镇往家赶，我要去镇上上学，我们就这样在路上相遇了。他朝我笑着，惊喜地说，咦，长这么大啦。在遮天蔽日的绿荫下，父亲的白衬衫干净体面、柔软服帖、闪闪发光。我被那光闪得睁不开眼。其实，我是被泪水迷糊了双眼。在我心中，父亲和别人不太一样，我既因此崇拜他，又因此充满痛苦。

他的白衬衫是从哪儿来的？我记得那个时候我们全家连基本的口粮都难以保证，那青色的深口面缸总是张着空荡荡的大嘴，等待有人往里面充实内容。父亲是怎么竭力省出一点钱来，去买这样一件颇为昂贵的不实用的奢侈品？他怎么能长年保持白衬衫一尘不染？他是一个农民，他要锄地、撒种、拔草、翻秧，要搬砖、扛泥、打麦。哪一样植物的汁液都是吸附高手，一旦沾到衣服上，便很难洗掉；哪一种劳作都要出汗，都会使白衬衫变黄。他的白衬衫洁净整齐。梁庄的路是泥泞的，梁庄的房屋是泥瓦房，梁庄的风令黄沙漫天。他的白衬衫散发着耀眼的光。他带着这道光走过去，不知要遭受多少嘲笑和鄙夷。

为了破解这件闪光的白衬衫的秘密，我花了将近两年时间，一点点拼凑已成碎片的过去，进入并不遥远却已然被遗忘的年代，寻找他及他那一代人留下的蛛丝马迹。

我赋予他一个名字——梁光正；给他四个子女——冬雪、勇智、冬竹、冬玉；我重新塑造梁庄，一个广义的村庄。我和他一起下地干活，种麦冬、种豆角、种油菜，一起逃跑、挨打、做小偷，一起寻亲、报恩、找故人。我揣摩他的心理，我想看他如何在荒凉中厮杀出热闹，在颠倒中高举长矛坚持他的道理，看他如何在无限卑微的生活中，努力捕捉他终生渴望的情感。

时间永无尽头，人生的分叉远超出想象。你抽出一个线头，无数个线头纷至沓来，然后，整个世界被团在了一起，不分彼此。也是在不断往返于历史与现实的过程中，我才意识到，一个家庭的破产并不只是一家人的悲剧，一个人的倔强远非只是个人事件，它们所荡起的涟漪，所经过的、到达的地点，所产生的后遗症远远大于我们所能看到的。唯有不断往更深和更远处看，才能看到一点点真相。

小说之事，远非编织故事那么简单。它是与风车作战，在虚拟之中，把散落在野风、街市、坟头或大河之中的人生碎片重新串联起来，让它们拥有逻辑，并产生新的意义。

然而，梁光正是谁？即使在写了十几万字之后，我还没有完全了解他，甚至，可以说，是更加困惑了。我只知道，他是我们的父辈。他们的经历也许我们未曾经历，但他们走过的路、做过的事，他们所遭受的痛苦、所昭示的人性，却值得我们思量再三。

书中，唯有这件白衬衫是纯粹真实、未经虚构的。但是，也可以说，所有的事情、人和书中出现的物品都是真实的。因为那些不可告人的秘密，相互的争吵索取，人性的光辉和晦暗，都由它衍生而来。它们的真实感都附着在它身上。

我想念父亲。

我想念书中那个16岁的少年。他正在努力攀爬麦地里的一棵老柳树，那棵老柳树枝叶繁茂，孤独地傲立于原野之中。他看着东西南北、无边无际的麦田，大声喊着，麦女儿，麦女儿，我是梁光正，梁庄来的。没有人回应他。但我相信，藏身于麦地的麦女儿肯定看到他了，看到了那个英俊聪明的少年——她未来将要相伴一生的丈夫。

那一刻，金黄的麦浪起伏摇摆，饱满的麦穗锋芒朝天，馨香的气息溢满整个原野。丰收的一年就要到来，梁光正的幸福生活即将开始。

（摘自《读者》2018年第4期）

外婆失踪一百八十八天

余 言

一

外婆失踪的第三十天，在精疲力竭、漫长的寻找后还是一无所获，大舅小舅他们终于绝望了，外婆像是从人间蒸发一样，彻底地失去了踪迹。

外婆在的时候，他们并不珍惜外婆，然而当外婆离开之后，他们才发现心里空荡荡的。原来那个人对自己是如此重要。

外婆年轻的时候就啰唆，年纪大了更加啰唆。两个舅舅相互推诿着，不愿意把外婆接去一起生活。外婆总是一个人生活。

那一天她像平时一样出门上街买盐，回家时走错了方向找不到回家的路，就此失踪了。平时被大家所遗忘的外婆，在失踪之后，每个忽略她的人才忽然意识到她的存在。于是全家出动，到处搜寻，贴寻人启事，在县城的电视台登广告……用尽了一切办法，却一无所获。

持续了整整一个月，对外婆的寻找暂时告一段落。

生活还要继续，大舅妈和表弟继续出门打工，我也返回了长沙。大舅留在家中，得空就和小舅一南一北出门寻找外婆，顺便沿路张贴寻人启事。我们每家各出了一万赏金，总共三万，不时会有人打电话过来提供消息。刚开始时，两位舅舅听到消息都会兴奋地赶过去，却发现流浪的老人并不是外婆。

在接下来的几个月，不管何时何地，只要接到提供线索的电话，无论多远，舅舅们都会立刻动身前往。尽管一次次失望，却依然一次次怀抱希望。

二

平时，外婆看见什么就会念叨什么，大家向我妈妈抱怨外婆像《大话西游》里面的唐僧一样啰唆，让我妈劝劝外婆。

妈妈遵从大家的意见，去劝外婆："妈，你以后别那么啰唆了啊，大家都不喜欢。"

外婆沉默了半晌，神色怅然，下定决心："好好好，我以后少说点儿话。"

一次雨后，她一个人走在乡村的小路上，看到路边一个废弃的用来蓄肥的粪池里积满了水。由于土壤肥沃，池底和四周都长满了茂密的长草，如果不注意看，根本不会有人注意到。外婆停下了脚步，蹙着眉自言自语地说："这个粪池怎么还没回填，太危险了！"

她颠着小脚去了小舅家。小舅家院子里堆着很多木板，她要求小舅拉点儿木板去把粪池封住。小舅挺不乐意地说:"妈,那个粪池又不是我们家挖的,这不是多管闲事吗?"

外婆不依不饶:"不行啊,必须得填上,要是有人不注意,掉进去多危险啊,那可是要出人命的!"

小舅被她在耳边反复念叨得没办法,拉了几块木板架在粪池上。外婆从上面走了一下,确定很稳固,才点头表示满意。

从那天起,外婆又恢复了啰唆的状态。大家一致认识到,要求外婆不要啰唆,她最多只能坚持一段时间,而压抑之后的反弹更加让人觉得恐怖,所以也就没人敢要求她少说了,由着她像平时一样啰唆。虽说有点儿烦,但只要忽略她的话就好了。

没有人意识到,当忽略一个人讲的话时,其实就是在忽略这个人。有时候外婆讲了半天话,大家依旧各忙各的,根本没有人听她讲,她的脸上总会闪现出一些失落的神情。但根本没有人在乎。

三

大舅和小舅相对无言地坐了片刻,看着空落落的院子,轻轻地说了一句:"真安静啊。"

小舅眼眶一红——往日总是嫌吵,然而当房子里真的安静下来,却又显得那么空旷,仿佛心里也空落落了。

院子的木门响了一声,小舅妈走了进来,看见两个男人蹲在那里,说道:"哎,找了你们半天没找到,原来在这儿。都什么时候啦,饭好了,赶紧回家吃饭。"

小舅"嗯"了一声,依然沉浸在伤感的情绪中没有起身。

小舅妈有些不悦："人都不在了，你还在这房子里面待什么待！就你哥儿俩每天费着劲地想找人，家里也不管，也不看看日子都过成什么样了！要我说，她走丢了更好！省得每天啰唆烦人，还不用伺候她养老送终！"

"闭嘴！"小舅怒吼一声站了起来，抽了小舅妈一个耳光。

小舅妈捂着半边脸，呆呆地看着小舅，一时间有些蒙了。自从嫁给我小舅以来，小舅一直对她言听计从，平时她嫌弃外婆，不给外婆好脸色看，小舅也不怎么管，现在他居然动手打她了。

"那是我妈！我只盼着她还活着！你要是再敢说这种没心没肺的话，就给我滚！"小舅丢下这句话，摔门而出。

每个人都那么渺小，世界少了谁都能够继续运转。生活还要继续，经历了最初的激烈和动荡之后，日子也渐渐地平淡下来。

四

往年过年的时候有外婆在，一家人在一起都热热闹闹的。然而今年过年，大家围着热气腾腾的火锅，却没有人说话，只能听到锅里汤烧开之后咕噜咕噜的声音。

春节过后，小舅接了一单生意，要送货去邻县一个小镇，小舅自己开车去送货。

农村的小镇隔几天赶一次集，每逢集日，整个村镇的人都来到街上，挤得人山人海、摩肩接踵。

小舅的小货车陷在人群中走不动，他坐在车上，视野开阔。他百无聊赖地看着街头的景色和人群。

街道的尽头，一个老人拄着拐杖沿着街边一路走来，身上穿着不知道从哪找来的棉衣棉裤，外面还套着层层叠叠的衣服，手上端着一个碗，每经过一个商摊，她就伸出碗乞讨。经过一个早餐摊的时候，老板给了她两根刚刚出锅热腾腾的油条。她把一根放进碗里，另一根拿在手上吃。她仰头看着太阳，绚烂的阳光洒在她的脸上。她十分享受地微微眯着眼睛，光芒落在她苍老的面庞上，是那样温暖和清晰。

　　在小舅看清她的脸的那一刻，浑身战栗——那是他的妈妈，他寻找了半年之久的妈妈！

　　他打开车门跳了下去，在拥挤的人群中狂奔，如一条逆流而上的鱼，他撞开了人群，碰翻了路边摊。周围的人不满地叫骂着，看见小舅不停下来道歉只顾向前跑，身后一群人追着想要拦下他。刹那间街上乱成一片，但小舅根本顾不上身边的其他人、其他事，他的眼里只有外婆，他怕一旦让她从视线中消失，就再也找不到她了。

　　"妈——妈——"他竭力地大声疾呼。

　　外婆听到了熟悉的声音，茫然四顾。忽然一个身影冲到了她的身前，紧紧地抱住了她。

　　身后一群追着喊打的人都愣住了——那个老太婆在这条街上乞讨有段时间了，大家都见过她，看她年纪大了可怜，多多少少都施舍过东西给她，本来以为她是个年老丧失劳动能力出来乞讨的老人，现在这架势看来，她是走丢了终于被家人找到了。于是先前还在愤愤不平喊打喊杀的人都不再计较，围在旁边看起了热闹。

　　良久，小舅才松开了外婆。外婆抬起脸庞，茫然地看着眼前的身影，迟疑了片刻，她终于认出了自己的儿子，哆嗦着嘴唇喊出了他的乳名："大桥……"

"是我，妈，是我……"小舅泪流满面。

"妈，我们回家。"小舅牵着外婆的手，一如小时候外婆牵着蹒跚学步的小舅的手。

那一天，是外婆失踪的第一百八十八天。

五

为了避免外婆再走丢，舅舅们决定不再让外婆独自居住。但外婆舍不得她侍弄了一辈子的小菜园，不肯搬到舅舅家去。最终拗不过她，小舅把自己院子里种的花花草草拔了，建了一个小菜园，才哄得外婆搬了过去。

两个舅舅又去了一趟那个小镇，挨家挨户感谢那条街上的人家，谢谢他们在那个寒冷的冬天，对一个老人的施舍和关照。也正是那些不经意的善举，才让外婆吃饱穿暖，挨过那个寒冷的冬季。

今年过年的时候，我去给外婆拜年。

"外婆，过年好。"我向她拜年。

她微笑地看着我，没有叫我的小名，很明显是没有认出我，但回应着我说："过年好。"

小舅妈微笑着解释："你外婆现在年纪大了，已经完全记不起来人啦……不过她心里其实一直记挂着你们呢。"我看着舅妈，她脸上笑容平和，温柔大方，一点儿找不到以前对外婆百般嫌弃、尖酸刻薄的感觉了。

阳光照在身上暖暖的，让人昏昏欲睡。半梦半醒间，忽然我听到了喃喃自语一般的声音，那样轻柔。

"小言……不知道小言好不好呢？小言的妈妈呢？"

我睁开眼睛，原来是外婆在自言自语。她依然是一个啰唆的老太太，念叨的却是我们的名字。就算她老得已经记不清我们的模样了，但依然在心里记着我们。这是一个老人最深沉的爱。

不知不觉间，我已经泪流满面。

谢谢上苍，让她离开我们一段时间，让我们意识到她的重要，在我们懂得珍惜之后又将她还给我们，让我们看见这世上的善良、美好，以及历经时间消磨依然坚韧的爱。

（摘自《读者》2020年2期）

读书人和热拓鱼

马　良

虽然我在学校里的功课还是差得没法提，但因为经常去图书馆，便渐渐觉得自己好歹也是个读书人，隔几天便借来一些书，深更半夜地看。我们一家人都是夜猫子，父母晚上在剧院演出，回家一般是11点多了，待他们进门，我便把《金银岛》《海底两万里》《鲁滨孙漂流记》之类的闲书，偷偷换成课本，怕他们责备我晚睡，作出一副刻苦学习的样子。每次看到我在小台灯下伏案读书，或是趴在被子里"钻研"，我妈都会叹口气："孩子都这么勤奋了，成绩还上不去，是因为我们生他太晚了吧？"然后怜爱地摸着我的头，不停地叹气。我都不敢看她，怕看到她的眼泪又在眼眶里打转。我爹总是不以为然："学习不好没事儿，笨也没事儿，他长大只要能够自食其力就行了。"我的童年就是在这样一种没有背负太多期望的环境下快乐地度过的，后来长大了，想要感谢他们的教育方式，我爹倒很坦白："我们是真没想到你还有今天。"

话扯远了，还是得拉回来谈谈我的读书人生涯。每次我去少年儿童图书馆，都要穿过吴江路菜市场。后来以美食街闻名的这条路，那时是一个狭长的路边菜场。

走出菜场的最后一段就是威海路南京路口了，要去的图书馆就在马路对面。最后这段路两边是卖鱼虾的，当时市区里是吃不到鲜鱼的，菜场里多是海鱼，全是死了的，用冰块冻着，腥臭的污水流了一地，味道实在刺鼻。我平时也不愿停留，总是紧赶几步就走过去。本来我对这段路应该是没有什么记忆的，陪我妈去买菜时也很少走这一段——鱼虾价格贵，还常常买到不新鲜的，她总觉得不划算。但有一天路过这里，发生了一件彻底改变我这个读书人命运的大事情。

那天从图书馆出来得早，大约四点半。菜场卖海鲜的路口被一辆卡车堵住了，几个粗壮的工人正要从卡车上卸货，装在竹筐子里的是一筐筐海鱼，几个弯腰驼背的老阿婆不知道为什么在一旁围着。我以为是和我一样被堵住的路人，正盘算着要不要绕路回去。这时，工人们开始卸货，他们挥舞着手里的一种铁钩子，站在车下一钩子便钩住竹箩筐的边缘，然后一使劲把整整一筐鱼从车上拽了下来。也许是多年来一直这样干，已经熟练到成为一种极富观赏性的动作，在我记忆里简直可以媲美武侠片中的招式。被钩住的鱼筐在空中划出一道漂亮的弧线，甩着一线腥水，自上而下落在湿滑的地上，然后径直滑入路边的冷库。烟雾弥漫的冷库里早有人接着，顺着惯性把这些筐排放整齐。

整个过程流畅无比，短短几分钟，一卡车几十筐鱼便从车上被甩入冷库。在这彪悍的装卸过程中，几十条小鱼在鱼筐落地的瞬间被震了出来，滑得满地都是。趁工人们合上卡车后挡板，再点一支烟的工夫，那群貌似枯朽的老阿婆，突然如矫健的鱼鹰般从四面八方扑上去，以迅雷不及掩耳之势，去捡那些滑落的小鱼。场面瞬间就乱了，工人们笑骂着也不阻拦，有的阿婆甚至钻入卡车下。我正是喜欢胡闹的年纪，看到这种场面便丢了读书人的斯文，加入这场混战。

阿婆们早有准备，都带了装盛的东西，有的一眨眼便装了半网线兜的鱼，咧着缺了牙的嘴笑得风雨飘摇。我经验不足，只捡了三条极扁的鱼，又滑又湿地捏在手里。几个工人抽完烟，也笑骂够了，便上了卡车，从窄窄的路退出去了。我站在路边还没从狂欢里回过神来，一个阿婆看了看我手里的鱼，笑眯眯地说："热拓鱼（舌鳎鱼），蛮好，回去叫你姆妈做面拖鱼去。"

我双手托着三条鱼走回了家，正赶上我妈下班回来，我轻描淡写地把这三条鱼的来历和她说了。没想到，我妈听完竟哭了，这可把我吓坏了，我妈爱哭我是知道的，只是这回实在搞不清楚因为什么。

我一再解释这不是偷的，真的是捡的。我妈这才破涕为笑，又开始摸我的头，嘴里喃喃地说："知道你不是偷的，我哭是高兴啊，我儿子长大了，已经懂得顾家了。"当天晚饭，我妈按照我的嘱咐做了面拖热拓鱼，并在饭桌上向我爸爸、姐姐和外婆郑重其事地宣布，今天这鱼是我为家里捡来的，一分钱没花，我也知道顾家了。

他们几个听了也纷纷表态，现在回忆起来估计他们都是串通好的，为了鼓励我。我当时心里乐开了花，觉得自己一个长年吃闲饭的笨蛋终于有了报答父母的机会，从此就是个有用的人了，顿时觉得前途光明，人生有了价值。那天晚上，那几条鱼好吃的啊，让我至今难忘。

从此之后，一个读书人便开始了每天按时去菜场捡鱼的生涯。可惜好事并不是天天有，一开始常常扑空。时间长了我便摸出规律，什么时候有卡车来，什么时候是什么品种的鱼，最终做到了"贼不走空"，一拿一个准儿，甚至早上出门的时候便可以宣布今晚可以吃面拖热拓鱼。有几个月的时间，家里的荤菜全靠我。后来大约菜场发现了这事儿，开始"整顿野蛮装卸"，好像是这么个词儿，我记得冷库门口还贴了条标语呢，老阿婆们便散了，我也重新堕落成了吃闲饭的废人。

长大以后谈起自己小时候功课不好，我常常会骄傲地补一句："幸亏我爱看书才不至于一事无成。"这其实是一种侥幸之后故意轻描淡写的撒娇吧，这样的话说多了，自己竟也信了。后来冷静想想，哪里是看几本故事书就可以塑造一个完整的人，对一个孩子来说，生活里的每一个瞬间都是有用的书，那小菜场里的一切岂不也是生动的教育——贫乏时期珍宝一般的肉菜鱼蛋，那些一分一厘的斤斤计较，那些和我一起抢鱼的阿婆，妈妈的眼泪，当然还有热拓鱼。正因为这一切，我今天才成了一个读书人。

（摘自《读者》2020年3期）